El placer y el sereno

Orestes Hurtado
El placer y el sereno

© Orestes Hurtado, 2016
© Fotografía de cubierta: W Pérez Cino, 2016
© Bokeh, 2016
Leiden, NEDERLAND
www.bokehpress.com

ISBN 978-94-91515-64-4

Todos los derechos reservados. Cualquier forma de reproducción, distribución, comunicación pública o transformación de esta obra sólo puede ser realizada con la autorización de sus titulares, salvo excepción prevista por la ley.

I. El placer y el sereno

Después de un día de discursos tristes 9
El limpiabotas 11
Otra carta de amor 13
No sé qué diera por mirar hoy 17
Respirando sobre el peso de su agonía 19
Nos duele tanto o más que la muerte 21
La velada 23

II. Uno de esos extraños días de calor en mitad del invierno

Los dos más raros 27
El talgo del exiliado 31
Mis ruidos 41
El hijo de la frutera 43
El descubrimiento 47
La miseria 49
Descripción 51
El enemigo en fútbol 53

III. Cuatro túmulos

    Monreal 59
    Cuando Grosz murió.. 61
    Jacobo 63
    Murió joven 65

IV. Nueve láminas

    Ser posadera 69
    Necesitaba descansar 71
    Se había combatido hasta bien entrada la noche 73
    Mi hermano mayor 75
    Aquellas páginas.. 77
    Van estas líneas 79
    Llegó a París 81
    Estoy convencido.. 83
    Había desembarcado a media tarde 85

V. Una línea

    Un apólogo.. 89
    El hombre espera 91
    Una línea... 99

VI. Dos historias y un sermón

    Historia del disco maldito 111
    Historia de las pelusas 119
    Sermón en la gran mancha roja 125

I.

El placer y el sereno

Después de un día de discursos tristes

Después de un día de discursos tristes, el niño sintió que eran demasiado tristes como para seguir soportándolos. Pidió permiso para ir un rato a la playa. Como ya era un hombrecito, la playa estaba casi a la vista y los adultos insistían en parlotear sobre temas sin gracia alguna, le fue concedido, no sin antes advertirle que *a las siete aquí*. La trusa y unas chancletas a punto de romperse. Se fue a ver si podía arreglar con un bañito el resto del día. Notaba como si fuese domingo o como si no tuviera ningún amigo en el mundo. Hacía calor. Iba tranquilo, con ganas de meterse en el mar y le parecía que hasta las siete quedaba una vida. Miró calle abajo, al mar. Le gustaba que su calle terminase en el mar. Pasó frente a la casa de Liudmila, del viejo Vélez, la casa cerrada de la reja rota y la siempre misteriosa última casa antes de la arena. Cuando pasaba frente a esta casa chata y descascarada observó que una tapa de refresco le miraba desde el suelo. Se preparó, cogió impulso y se dispuso a patearla con todas sus fuerzas. La chancleta no se desarmó como era de esperar y golpeada con precisión la tapa planeó, fue un platillo. Una nave que se estrella a lo lejos sin más historia. Recuperó el equilibrio, la compostura. Fue entonces, cuando desde la casa que precedía a la playa salió un sonido de tambor. El niño se viró hacia el seco redoble. La puerta abierta. Oscuridad. Y un nuevo redoble. Esperó. Otro. Pensó que igual era un niño como él, que ensayaba. No parecía una ráfaga provocada por un hombre. Era débil y aburrida. El niño repitió aquel tatatántatatántatatántántán. Imaginó que en todo el cielo había tambores. Colocó con mimo las chancletas junto a la piedra boba en que solía abandonarlas. Una vez más repitió el ritmo del tambor, ahora a todo pulmón. Miró al cielo, al tono tópico de un cielo de tarde. *Nube-tambor, tú que puedes remediar este calor.* El tambor pudo ser el primer trueno de esta tarde que ya se arregló. Inició (sin dejar la repetida música) una carrera loca. Tocó el mar, entró alegre. A ver cuánto resistía a esa velocidad sin que el mar lo tumbara. Cayó. Abrió los ojos por debajo del agua.

El limpiabotas

El limpiabotas que se apostaba en los bajos de la farmacia de Línea y D contó esta historia ante unos cuantos niños. *Resulta que yo me metía cuando chama en un placer por allá por...* Luego iba entrando en una descripción asombrada de lo que cada vez que saltaba el muro se encontraba. *Había en la parte d'alante del placer una mata de naranja agria. Y así.* No sé cómo, pero hablaba con rápidas y secas enunciaciones. Parecía que se le acabaría el cuento en muy poco tiempo. Narró muchas veces aquello y siempre se sospechaba un final brusco poco después de iniciado. Nunca he tenido (¡y mira que lo he imitado!) esa capacidad para que se intuyera el final, pero que fuera tan sólo misterio. *Todo era normal, unos yerbajos, unas piedras y poco a poco, a medida que ibas entrando en el placer, también bajabas. Las matas eran más altas y más tupido todo.* Hacía gestos para indicar que la vegetación aumentaba. Gestos que sus manotas convertían en tremendismos de aire. Bastantes años después de sentir aquel piso frío de frente a la farmacia, de sentarnos entre las columnas y escuchar al limpiabotas, regreso a menudo a aquel placer. Yo tuve también varios placeres propios que cuando niño fueron mi reino. El que llamábamos en la pandilla *el de las ranas* fue el más fabuloso. Era estrecho, alargado, todo un escondite. Pero sólo aquel que nos contaba el limpiabotas, aquel placer que no pudimos ver, nos sabía a magia (no a rituales risueños como el de las ranas), nos sabía a magia. Lo añoramos a toda hora. Quisimos la dirección. Nos veíamos cruzando la ciudad en guaguas absurdas para dar con él. El limpiabotas nos decía que en el fondo del placer *allá atrás había un enanito, sentado en una piedra, mordiendo un tallo de romerillo.* No lo describió. Dijo *un enanito*. A este ser diminuto debíamos confesarle lo que considerásemos nuestro más preciado secreto (si mentíamos lo sabría) y a cambio él abriría un agujero en la tierra. Por ahí entraríamos. Pasaríamos un rato en el país de los tesoros, haciendo todo lo soñado. El limpiabotas aseguraba que una vez nada más se topó con este personaje. Que fue todos los días a ver si podía regresar a esa imposible región de una tarde. Y nada. Solía suspirar seguido cuando hablaba de esto último. *Algún día les contaré lo que vi*, pero no lo hizo. No lo hizo.

Otra carta de amor

Soy un herido. Un herido que va con su velocípedo por una calle apartada de un barrio apartado. Voy yo, siendo un niño, un herido pequeño con mi velocípedo. Era rojo, como casi todo en esa década. Era un artefacto recio. Parecía de los de antes. Avanzaba cantidad con cada pedalada. Como aquí sólo intento recuperarte alguna imagen en la que vea (o intuya) las causas, no te voy a enumerar las esencias de mi relación con el velocípedo. Sólo te contaré una vez. Te contaré un día. Mi madre conversaba despreocupadamente con una conocida. Acostumbraba a astillarme el paseo con numerosas detenciones. Supongo que el talante silencioso de mi padre influyese en que al salir a la calle se desatara. Y yo, parqueaba mi velocípedo al lado de las conversadoras. Mi padre, trabajador incansable, apenas apareció por esas minucias de mi niñez. Intentaré no enredarme. Estaba yo al lado de mi madre comprobando con mi vehículo el terreno alrededor de la cháchara. Había un sol incómodo. Aberrante. Me sudaba dentro de mi pulovito apretado. Yo pensaba: *¡qué sol!* Y pasó una lagartija cruzando aquella tan mal asfaltada calle. Tú no conoces la extrema calma que puede haber en un reparto así una mañana entresemana. Una lagartija que cruza la calle puede volver loco a un niño. La vi, grandota. Era un camaleón. Más lento y rotundo en sus desplazamientos. Lo seguí sin ver a dónde me dirigía. Mi madre continuaba, absorta, en una plática desenfadada sobre el Festival de Varadero de ese año. Llegué hasta el borde de la lomita cazando al bicho. El desordenado safari me había acercado al lugar en que comenzaba a descender la calle. Cuando se hacía loma-que-baja. Arribé al borde del precipicio sin darme cuenta. Ya decía Kafka (y yo lo cito de segunda mano porque no lo he encontrado en su obra) que deberíamos (más o menos) llegar a un punto donde no hubiese retorno, decía que ahí deberíamos llegar. Yo conseguí llegar a un momento donde todo era bajada. Vértigo. Agarré una velocidad insoportable. Traté de frenar. Traté de poner mis piececitos, mis boticas ortopédicas en los pedales y detener aquello. Pero nada. Sólo pude levantar los pies y dejarme morir. Los baches aumentaban el desenfreno. Ciertamente, al principio sentí miedo. Miedo total. En la primera parte fue el miedo el único signo. Pero a medida que el deslizarse continuó, que parecía no acabar nunca, fui percatándome de pequeños detalles que antes mi mente de niño no había captado. Detalles con los que, como con determinados retratos, nos vamos a otra parte, nos trasladan a una irrealidad gratificante o por lo menos plena de reflexiones y, en definitiva, de misterio. Por ejemplo, supe que todas las caídas implican viento. Siempre que nos caemos hay velocidad. Aquel día con el velocípedo, cuesta abajo, hacia la muerte, había viento. Lógico: el viento de la velocidad. Está bien. Asumo que he usado una circunstancia que no es muy exacta para que me lleve a otra. Qué se le va a hacer. No olvidaré aquel viento de la caída en la cara. Descubrí lo feo de los jardines que dejaba a un lado y otro. Auténticos matorrales. Un verde mediocre, sin distinciones. He contado todo esto por lo siguiente: no grité. Me entregué a la caída. Por dentro lanzaba alaridos. Fui incapaz de algo más que apretar los dientes y las manos sobre el manubrio. Y pasé al final de la calle, como un fugitivo diminuto, por delante de la bodega. Hacía esquina. Era el final de la loma. El comienzo de lo llano. Yo traía un impulso infernal y pasé por delante de la bodega. En un segundo somos capaces de retener tantas insignificancias. Es sorprendente cómo pude ver la cola lánguida que formaban: un viejo con espejuelos horribles (camisa a la que le había arrancado las mangas, las hilachas caían sobre los hombros, un reloj con una correa como manilla, una correa, que igual era de estibador o pesista, a la que le había colocado no sé cómo un reloj ruso), una viejita de pelo azul (ese tinte con el que van dispuestas las ancianas aquí a asustar al personal, mirada tierna, resignada a una espera sin fin), una cuarentona negra con muchos pulsos en la muñeca derecha (con la otra mano se acomodaba las inmensas y caídas tetas). No sigo con la cola por temor a que te sea repulsivo esto que te cuento. Pasé como un actor secundario en el único protagónico de su carrera. Todos me vieron desfilar descuajeringadoramente ante la bodega. Miré y volví a mi manubrio y a saber dónde iba yo a parar. No es relevante anotar que con el impulso cogí una piedra, salí por los aires, me di con un contén, me revolqué por una yerbita donde descansaban una veintena de mojones de perro y me detuvo una reja oxidada. Eso no es relevante. Puedes estar segura de que sobreviví. Si no, ¿quién te hubiera abrazado aquel día de noviembre en que no querías dormir sola? Sobreviví, pero quedé con secuelas. No físicas. Tan sólo fueron arañazos, ñáñaras. También sobrevivió el velocípedo. Cabalgadura de toda mi infancia. Creo que lo traté bastante bien hasta el final. Debió comprender y así creo que lo hizo, que nuestros últimos viajes fueron incomodísimos. Me chocaban las rodillas contra el manubrio. Se lo dije un día en que llovía y estábamos solos en mi cuarto. Se lo expliqué todo. Decía que sobreviví, pero ya herido. De esa experiencia se me tatuó la sensación de no ser capaz de romper con la inercia, de entregarse destructoramente al placer de la caída. A lo que más espinas podría encajarnos. Esa sensación que nos hace descubrir placer en el dolor, o peor, en el pasillo que conduce al dolor. Todo esto te lo escribo sin pensar. Sin valorar cada palabra. Con la única intención de que tú al leerlo me conozcas más. Esta carta lleva en sí a un tipo que ya no soy, pero que he sido siempre, hasta el mismísimo instante en que supe, en que me convertí en todo un sabio. Sí, hoy soy un sabio. Alguien que ausculta cómo han ido formándose sus ascos y que quiere, por encima de todo, recuperarte.

No sé qué diera por mirar hoy

No sé qué diera por mirar hoy, mañana en verano, a mi abuela de nombre abundante en recovecos y soledades. No sé qué diera por su voz iniciándome en lo que sé, sus pacientes verdades. De su cuarto (de ese espacio para el luto, las fotografías con parientes desconocidos y con escapadas a una playa de Marianao) viene a leerme *El Millón*. O voy a acostarme a su lado en la siesta. O la miro, en silencio, repasar su misal. O cuando vamos al médico y se golpea suavemente con la polvera frente al espejo y una nubecilla beige la rodea y me sorprende recostado a la puerta y se ríe sin abrir la boca, sólo una risa en la mirada. O cuando habla con bordadas palabras de esa amenaza en las noches imprecisas de allá. El sereno.

Respirando sobre el peso de su agonía

Respirando sobre el peso de su agonía desde hacía bastante, sentado en el sillón cada tarde acometía la ruta del recuerdo. Allí, en la sala con penumbra, oía cómo los muebles se rendían al paso inimitable del comején, estudiaba la escritura gris de su pipa, subiendo y muriendo. Siempre aparecía (verbo de repentinas sabidurías, verbo de fantasmas), en el espacio calcinado que su memoria remontaba mientras la tarde sucedía en silencio, una silueta, tal vez la corteza que contenía a su mujer. Esa criatura, que ninguna lástima tuvo de él, le repetía una historia a la que era necesario acercar sentimientos de remota densidad. Le contaba las mismas vicisitudes. Él, ensimismado, calmo pensador, paseante lleno de las casonas vedadenses, de gentilezas polvosas, de cartas leídas en parques incesantes, de altiveces esgrimidas a menudo por quien muchos rincones sabe y también se ríe de lo poco que vale todo eso. Él, con la raíz del que lo resiste todo, oponiendo la tela de su espíritu. Él, miembro del Vedado como si de una cofradía, como si de una estirpe que persigue el trono de *la ausencia del dolor* se tratase. Él, interior, adentrado, recibía de aquella macilenta forma, de la que difícil era precisar sus esencias, una historia repetida: el cuento de su única salida lejana, de su índigo viaje en la juventud…

Nos duele tanto o más que la muerte

Nos duele tanto o más que la muerte de un pariente lejano el hecho de que un delicado relato desemboque en lo obvio. Les ahorro ese acontecimiento para que pasen a través de esta trama sin decepciones terminales. Se trata de dos tipos en el muro del Malecón, conversando, de espaldas a la ciudad:
—Preferiría cambiar la frase por una ola es una ola es una ola...
—¿Por qué?
—No sé. Será que ante el mar todo lo demás luce pedestre.
—Pero la rosa no llega a enfangarse, muere antes.
—Ya, pero lo cierto es que la ola es todavía más presente.
—No lo creo. La rosa también está en el tiempo. Crece. Apenas vemos cómo va hasta el prodigio y luego se nos apaga rapidísimo.
—Pero la ola es visible, viene siempre hacia nosotros, como un amor vitalicio, pero arriba moribunda. Nos avisa de su trance. De una biografía fulgurante, total, y se retira (no se marchita). La ola se recoge en un adiós muy elegante, nostálgico, construido con piezas perfectas de luz y transparencia. La forma de un color. Eso es.
—No sabría defender lo que pienso tan bien como tú. Simplemente me quedo con a rose is a rose... o con *there is a wind where the rose was*.
—Está bien que defiendas tu rosa. En definitiva los dos hemos caído en lo mismo. En la ancestral y atormentada disquisición sobre la muerte del presente.
—Sí, defendemos dos símbolos de lo efímero. Como si sólo lo efímero supusiera la verdad. Como si sólo en el instante radicase

la plena realidad de ser. Como si a partir de eso pequeñito y que en un gesto desaparece, tuviésemos algo de eternidad.

Siguieron mirando el mar, callados. Como un plato el mar, en los jardines (como dicen los viejos) *calma chicha*. Nada de viento.

La velada

Parecía que algo podría entrar rompiendo lo invulnerable de existir. Como si allí, sentados, invocando las costumbres de los muertos el aire latiera de tal modo que fuera a estallar en nuestras cabezas. Hablábamos ya menos y sólo cuando a alguien le venía algún recuerdo o invención a la garganta y no podía contenerlo, finalmente nos lo echaba encima, sabiendo el resultado para todos. La sensación de agobio aumentaba a cada rato, el resto del tiempo permanecía constante como en el segundo en que creemos que una lluvia no va a acabar nunca, que es la última lluvia de nuestras vidas, que estamos muertos. Nadie se movía con soltura ni quería cambiar de tema, como si la eterna curiosidad de acercarse a la muerte se manifestase de esta forma como en la mejor lograda de sus pantomimas. Horas agarrados a nosotros mismos, a aquel corredor de óleos imprecisos, iluminado excesivamente frente a los portales y su jerga de sombras. Recordábamos cosas inverosímiles. Inviernos nada cruentos en que amamos y nos dejamos besar en habitaciones contiguas a las de nuestras madres, donde conocimos cómo pasaba la vida burlándose. Inviernos, perros muertos, nombres de los perros muertos, tierra guardada en los bolsillos del abrigo que no usamos más, quedándose allí como si quisieran decirnos que en ese sitio estaba, estaría todo. El sabor de ciertas brumas. Todo el tiempo perdido de cada vida y demasiada muerte. Alguien recordó un baile en que nos sentamos en un rincón a no saber qué hacer. Servimos de nuevo té. Tantas cosas que habíamos olvidado o que no subían a flote. Y ese temor ladrando allá afuera y por entrar. Una puerta del corredor se ha cerrado. Ya nada importa.

II.

Uno de esos extraños días de calor en mitad del invierno

Los dos más raros

—Aquí estamos, relatando nuestro encuentro con los seres más locos que hemos conocido. Somos patéticos. Yo, que les voy a contar dos resúmenes de vidas, tengo conciencia de lo lastimera de la situación... bueno, los tipos más raros que he conocido y que hoy tengo ganas de contarles son dos:

1) un día, buscando una aguja para echarle aire al balón de fútbol, iba con Gerardo a casa del Zurdo, a ver si ese cabroncito tenía la que le habíamos prestado la última tarde que jugamos, y cuando pasamos por delante de la funeraria, Gerardo, rata vieja, percibió en nada que había panes con pasta, parece que habían llegado hacía muy poco tiempo porque casi sin cola aquello no tenía otra explicación, todo aquel trámite que la coyuntura nos imponía hasta la obtención de los panes lo pasamos celebrando nuestra suerte y el seguro atracón que nos meteríamos, los incómodos asientos fijos, la extrema decadencia de aquella cafetería con prioridad para los dolientes, churre, camarera con cara de pedir que la escupan y la caguen noche sí-noche no, los otros luchadores de panes, fieros freaks, mientras dejábamos caer los panes en el buche, alguien por detrás de mí me pidió algo de dinero o uno de mi media docena de panes, era un negro con pocos dientes, un evidente trastornado, la ropa ya era un simple tatuaje, no había distinción entre la piel costrosa y las empercudidas telas, nos habíamos gastado todo lo que teníamos, le di un pan y Gerardo otro, rió un segundo, hizo una reverencia y aseguró que ese refrigerio le iba a ser suficiente hasta que consiguiera encontrar a su dama, llevaba tanto tiempo buscándola, *ella cree que estoy muerto,*

por eso no ha dejado rastro y yo voy dando tumbos hasta que recorra todos los caminos y el único que me quede sea el que conduce a mi dama, nos dijo muy poco de su dama, pero eligió tan bien lo que nos dijo que, desde entonces, sin tanta fe, al menos yo (no sé Gerardo) busco por caminos húmedos, más bien por rincones orinados, a esa dama tan desmayadamente real, *se llama Judit Sarah y es pelirroja,* nos contó, y yo la vi como si de un pensamiento propio se tratase, como si fuera mi mujer, vi que ella era huidiza, que no estaría nunca demasiado tiempo, y que sólo era posible en las condiciones, en las murumacas de una tarde fija, en la casona donde nací, leyendo, cantando tibias canciones sobre santos o huidas, llegué mucho más lejos de lo que ahora puedo relatarles, el migajón del pan, una rendija, la desazón de Blanche Dubois, la temperatura de esta cerveza que hoy bebemos, todo el mundo era el efecto de Judit Sarah, y aquel loco sólo dijo: se llama Judit Sarah y es pelirroja.

y 2) conocí en Chamberí a Moya, un tipo que por aquel entonces tenía un almacén, él y mi padre se conocían muy poco, pero sí les unía la amistad de Fondón, un empresario venido a más o menos, yo trabajé cargando cajas y montando y desmontando estanterías en aquel almacén, no había demasiado movimiento, una mañana, entre Rafa, el otro chico para todo, y yo realmente currábamos una hora y poco más, dos descargas de camión y una estantería que hay que despejar, ya, el resto del tiempo hablábamos de bares, de fútbol, y con poca precisión del tema mujeres, *coño cerca!* era un lema o susurro o estribillo que Rafa solía repetir olisqueando el aire alrededor, Moya desplazaba su panza cervecera hasta nuestro sitio en momentos de risas o de silencios, venía con su cara de ser bruto, pasos lentos, ridículos, desde la oficina, no se integraba a las risas, nos miraba sin vernos y se iba a ordenar cualquier asunto, una caja que abría, una bolsa con probetas plásticas, se quejaba del polvo que había allí, hasta que... tropezaba con algún objeto que le entusiasmara, desde los más sencillos a los que sólo mirar nos preocupa (y si se activan luego cómo carajo paro eso), Moya cogía cada parte, miraba, pensaba, armaba y desarmaba, lo excepcional del asunto era que les hablaba, elegía una termoselladora para contarle su vida, esencialmente el relato consistía en un recuerdo, Moya le contaba a aquello cuándo lo había visto y utilizado por primera vez: *fue en el 83, en aquel polígono de Villalba, cuando eso yo estaba casado con Lucía, menuda hembra, también tenía mis líos allí en Villalba, estaba trabajando Clemente con nosotros, buen tipo, borracho pero buen tipo, eso le mató, la bebida, a la hora de la merienda, con nuestros bocatas, así, un cigarrito y a currar, Merche, la secretaria, el único que se la tiró fue Horacio...* Moya contaba un fragmento de su vida, escribía sus memorias, le decía a una caja de tornillos la verdad de su puta vida, nosotros, Rafa y yo, no interrumpíamos la parrafada, él no nos iba a mirar más que al irse de regreso a la oficina, seguro, cuando acaba, seguro, vimos a Moya en la total hilaridad de una vez follándose en un coche a una amiga de su segunda mujer y despertar encueros un lunes en el parking del Pryca, o en la seca historia de cómo su hijo, Ismael, perdió un ojo con la puerta del garaje del chalet, vimos su vida en aquellos diálogos, él esperaba del objeto paciencia, respeto, silencio, creo que lo recibía, Moya era un tipo rudo, que a todos trataba con la mínima calidez posible, pero a las cosas las mimaba, Rafa y yo nunca comentamos las ceremonias de que éramos testigos cada jornada. La extraña situación siempre me hizo pensar.

El talgo del exiliado

I.

Otto, al iniciar el viaje, dejaba mucho atrás. Una muchacha. Una manera de entender las cosas, una amabilidad. Mucho.

Al leer en *La Voz de Galicia* los horarios de los trenes, no se fijó bien. Resultó que el que debería coger sólo viajaba los sábados. Y era miércoles. El primero hasta la una no saldría. Y eran las nueve.

Los amigos que lo habían llevado hasta la estación le bajaron la mochila y desaparecieron. La prima, no vivía muy cerca (quizás por ser prima lejana) y lo único que deseaba era tranquilidad. No oír palabritas como exilio o dinero y ser sin sobresaltos. Pura anestesia hasta que se acabara la jornada. Otto se iba y dejaba mucho atrás.

Así que no fue a casa de la prima. Tampoco regresó donde los amigos en cuya casa estuvo parando. El taxi hasta Playa Santa Cruz le costaría cantidad y lo mismo el regreso dentro de unas horas. Cometió otro error. Llamó a la muchacha para que le acompañara ese rato. Mientras le aguardaba, se tomó un café con leche y una botella de agua con gas.

En la cafetería de la estación había pocos viajeros. La mayoría de los que desayunaban eran lugareños. Se dijo que lo que observaba podría ser una de las cosas que diferenciaría a las ciudades pequeñas y amables de las desalmadas conglomeraciones. Que las estaciones podían ser tenidas como un bar más al que se acude para el primer café del día. Estaciones pequeñas y amables.

La muchacha llegó enseguida. Se sentó y pidió un cortado. Se sentía algo incómoda, aunque intentaba disimularlo. Quería tratar bien a Otto. Pero detrás de su actitud se lograba percibir la molestia. Acomodaba su indócil pelo negro sobre las orejas a cada momento.

Revisó el libro que Otto llevaba para el viaje. No hablaron hasta que estaban en la salita de espera. Muchos asientos. Carmelitas las paredes. Una pantalla con horarios de trenes. Un reloj. Unas matas descuidadas. Ellos solos. El método de repasar cualquier tema no funcionó. Tampoco el de elegir temas en los que con seguridad se opinaría sin ir muy lejos. La susceptibilidad de ambos lo empeoraba todo.

Otto sopesaba si realmente prefería estar acompañado. La soledad le hacía temer. No sabía muy bien qué. En la cafetería notó el miedo a estar solo y, sobre todo, lejos. A eso, en su cabeza, oponía la compañía casi enemiga de que gozaba. *Dios mío, cerrar los ojos y notar el sol, poca ropa, tirado en el sofá, la cercanía del almuerzo familiar.* Pero no se permitía despegarse de la idea de que todo eso eran ideas. De que se encontraba en aquella sala mirando los andenes, llegando al mismo lugar con sus pensamientos saltarines. Lástima. Tiempo perdido.

Si tuviera que resumir esas horas Otto diría: *Miré el reloj cómo caminaba. Cómo se iban y venían los trenes, cómo la compañía dolía pero cumplía su labor. Casi no hablé con ella, lloró un poquito cuando me iba y me dio un beso. Al repetir esa escena para mí, no puedo precisar dónde fue el beso. No fue en la mejilla. Pero tampoco en plena boca.*

Un territorio intermedio, olvidado. Por qué se olvida que se besa. En este momento comenzarían a enredarse las reflexiones de Otto. Si redujésemos a hechos las horas entre las nueve y la una nos quedaría (siempre teniendo presente quién nos ocupa aquí): Otto Alpízar esperó y se fue en el TALGO de las 12:55.

II.

Cuando entró en el vagón 21 se confirmó la idea de que no era su día. Le había tocado uno de los ocho asientos que en ese tipo de trenes van de espaldas al sentido del viaje. En cada extremo del vagón hay cuatro asientos al revés del resto. Y Otto iba en uno de ellos. En ventanilla. Esa mínima ventaja se veía anulada con los tres viajeros que serían sus compañeros cercanos.

Justo enfrente, uno de esos viejos amplios que, a falta de mejores categorías, son llamados patriarcas. Con su traje a la medida, su corbata sobria, chaleco de muchos botones y zapatos ingleses. Blanco en canas. Ojos azulísimos. Que miraban moviéndose el extenso paisaje sereno de Galicia, con la actitud del que, incluso eso, logra detener.

Al lado su hijo o secretario. Nunca supo Otto qué era. Un cincuentón de mirada dulce.

Llevaba con cierta timidez su chaqueta de sport. Y una cartera de cuero rancio de la que no cesaban de salir cosas. Unos bocadillos. Unos quesos pequeños y de olor agudo. Periódicos.

Hablaban bajito. Conversaciones sobre carreteras, pueblos. Antes y ahora. Parecían ir a unos funerales, a firmar unos documentos. Lo que les movía no provocaba el menor sentimiento. En cualquier caso, lucían como si fueran a cumplir con una misión o con algo inevitable de hacer.

De espaldas (como Otto) viajaba un malhumorado anciano. Arrugadísimo. Un ojo cerrado. Le caía una bolsa de carne desde la ceja escasa sobre el ojo izquierdo. Hablaba poco. Sólo unos ralos monólogos contra desconocidas deidades cuando se detenía el tren. A Otto le preguntó si era gallego. *No.* Y no le habló más. *Es un pobre hombre* –pensó nuestro protagonista–, *debe haber sido duro para él.* Se hacía el dormido. El ojo vivo descansaba y el muerto, a través de la piel, vigilaba. Como también vigilaba el cincuentón a su padre o jefe por si acaso quería cualquier objeto que, de la cartera, haría emerger. El hombre del parche cárnico ocupaba el espacio que le correspondía. Ni más ni menos. Otto no iba estrecho, pero sí incómodo. Con sus tres acompañantes no hubo roce.

Y Otto encantado. Prefería observar minuciosamente. Creía en lo que denotaban las apariencias o los gestos. Miraba. El paisaje corría adelante. Él hacia atrás. Como retirándose de un proscenio.

III.

Los otros personajes que requerían atención eran unos jovencitos que marchaban a la mili. Iban todos muy pelados, con ropa ancha y mochila inmensa. A simple vista le parecieron unos pocos. Pero a medida que el tren avanzaba y se estrechaban vínculos entre los muchachos, se les notaba más. Muchísimos. El tren estaba plagado. Se cambiaban de un coche a otro. Conversaban en los pasillos. Hablaban gritando. Se sentaban, para a los tres minutos correr al vagón-cafetería a por otro refresco. Luego a orinar. Y a conversar de nuevo.

Por momentos le entretenían. Sí. Conseguían que le interesaran sus habladurías estrepitosas, sus circunloquios tontorrones. Contaban, sin pudor, zonas u opiniones que normalmente no se ofrecen, o por lo menos no así. Claro está, la forma de decir también obedecía a determinadas reglas de la pandilla ocasional que formaban. Hacía poco tiempo que se conocían. No hablaban, por tanto, de lo que más les desasosegaba. Sexo.

Tan sólo se unían en risitas y algún piropo alardoso, cuando una muchacha se dirigía al baño o a la cafetería y pasaba junto al grupo.

Aquellas cháchars versaban, casi en su totalidad, sobre las experiencias. Si uno sabía conducir. Si otro había trabajado en el campo tal verano. Si, aquel, el que más suspensos acumulaba. Si ése, el que le da lo mismo todo y estaba allí por curiosidad. El más hablador, el más dispuesto a dar una biografía rápida a colegas repentinos, había sido mecánico unos meses. Después de ese trabajo se veía capaz de cualquier labor. Contaba atropelladamente su vida a muchos que no vería más.

Porque poco a poco se iban armando sub-grupos según el destino. Los de Ceuta aquí. Los de Málaga allá. Así. Se aproximaban los que compartirían los próximos meses. Y se decían edad, yo nací en Mondoñedo y yo en Cambados. Ni con ese método de fragmentación se conseguía sepultar del todo un tema que guiara, que permitiera que se agolparan en aquella unión de vagones a pasar el tiempo. También, con el transcurrir de la charla se perfilaban características de los jovenzuelos. Los líderes se afianzaban ante el resto. Los apocados sentían, callaban, reían y se movían sin mucha soltura. Temían demostrar fragilidad.

Otto, desde su asiento, miraba el paisaje. En las numerosas paradas investigaba las estaciones o lo que se viera del sitio: hombres, casas, ventanas, adornos. A cada rato volvía a los de la mili. Cada vez con menos interés. El trasiego, la gritería comenzaba a molestarle.

En Santiago subió un muchacho que se había sentado a mitad de coche. Desde su esquina, Otto sólo le veía por momentos. El aspecto de niño bueno, la manera de mirar a los gritones, le decían que aquel joven también iba a la mili y que no se atrevía a participar en la algarabía. Era evidente su miedo. Sería la primera vez en saberse lejos de sus padres. No hacía nada. Se hundía en el asiento. Cerraba los ojos para abrirlos medio minuto más tarde. Otto conocía esa sensación. Cuando se cerraban los ojos y uno deseaba que el mundo se derrumbara, que le tragase la tierra y ya. Había reservado, Otto, sus tres momentos de acción durante el viaje, para más adelante. El primero: sumergirse en la lectura.

Empezaban a sudarle las manos con el libro entre ellas. Había preferido saber bien dónde respiraría esas horas, para luego meterse a la ascesis de leer. Estar atento a lo que le rodeaba un tiempo, para después escuchar. El segundo: escribir algo, unos versitos, algún comentario a cualquier cita que recordara, o algún recuerdo (regiones suyas que le gustaban o que tenía pendiente fijar en palabras). Mantener la mano inquieta. Conocía, por anterioridades similares, que en los viajes le salían construcciones insólitas. Párrafos que, en su mayoría, conservaba (excepcional deferencia). El tercero: ir a la cafetería a beber una gaseosa y comer una chocolatina, combinación perfecta para aliviar a su casi siempre estragado estómago.

Regresaba a la muchacha de vez en cuando, pero suavemente. Le sentaba bien ver su cuerpo en la mente. El descanso que puede darle al asediado pensar en lo bella que fue su ciudad.

Algo que fue, que existió a pesar de todo y de hoy. *Pensar la belleza calma*, se dijo Otto. Esa idea le curaba incluso la mortificación de encaminarse a lo secamente ajeno.

Más allá de nociones súbitas que aclaraban, apaciguaban o interrumpían, Otto se decidió a hacer.

IV.

Lo primero que hizo fue rezar: *estoy solo estoy solo estoy solo, amén*. Abrió el libro y releyó el segundo relato, para así, irse adentrando. *Una tumba para Boris Davidovich* de Danilo Kiš. El relato: *Una cerda que devora a su camada*. Un texto corto y que le permitía comenzar a sentir la novela. Las ciento y pocas páginas del libro estaban cubiertas de exilios y trampas, té y totalitarismos. Se olía esa Europa triste. La que Otto conocía de lentas películas emocionantes en las que sonaba el viento del invierno. Otto miraba la nieve cuajar en los callejones. Barrios grises, uniformes, melancólicos. Un violinista de bigotes, asomado a la ventana, tocando para las chimeneas. Europa para Otto había sido aquella. La de las lámparas encendidas en la temprana tarde.

Aquella Europa de gorros peludos y abedules que descifró cuando niño. Ésa fue la que Danilo Kiš le hizo oler. Habitada por víctimas despiadadas que no saben lo que son, por huérfanos crueles que cumplen órdenes de los que los dejaron así. Exilio, represión, pérdida de los nombres y de la capacidad de nombrar.

Releyó aquel relato del irlandés sacrificado por Cheliusnikov (personaje que crecerá hasta el máximo protagonismo en el capítulo tres). Sonrisita para sí cuando leyó este párrafo:

> Asqueado de ociosos parloteos en lóbregas tabernas donde se fomentan fallidas conspiraciones y donde falsos clérigos, poetas y traidores especulan sobre atentados, Verschoyle anota en su cuaderno una frase pronunciada por un estudiante alto y miope, sin adivinar siquiera las trágicas consecuencias que entrañan estas palabras:
> «Quien quiera que tenga un poco de amor propio no puede soportar quedarse en Irlanda, y se exilia huyendo de una tierra sobre la cual se ha abatido la mano iracunda de algún Júpiter».

Kiš había señalado un poco antes cómo el odio del irlandés a su país constituía una estrategia explícita de patriotismo grandioso. Otto levantó la vista un momento al paisaje, a su insultante bálsamo, a su irse (*seguramente para siempre*). Y volvió a leer.

v.

Sin mediar un ademán, un detenerse fácil, tras leer casi dos horas, cerró a Kiš. Levantó la vista, miró más al cristal que al paisaje. Los detalles del cristal. A la par, halló el bolígrafo en el bolsillo de la camisa, lo destapó y escribió en la hoja en blanco que habitualmente oficiaba de marcador lo siguiente:

Por qué siempre vamos a lo mismo sabiendo que venimos de lo mismo. Tengamos la cara que sea, de esquina, de taburete, de Emmanuel Lasker o de guarachero, vamos a perseguir una porción de verdad que, irremediablemente nos pertenezca o nos conteste. Y mencionamos una y otra vez (queriendo que alguien nos escuche, nos diga «es verdá», y nos sentemos en un parque a carcajearnos de que atardezca) lo mismo. Hoy es tarde. Aquí es tarde. Bien lejos. Y cojo un bolígrafo y lo que voy a escribir es otra tarde. Que igual es ésta y no me doy cuenta. Son otras dos tardes. Una de mi infancia. Una de 1863. Por qué recorro ahora esos crepúsculos. Por qué se quieren ellos dos. Mejor los escribo. Me callo y los escribo. Ellos sabrán. Mientras, pasará un rato de hoy ¿Hoy? ¿Pasar?

Íbamos a la playa, a la casita de mis tíos. Nos quedábamos el fin de semana. Qué delicia. Luz tranquila. Si alguna expresión me viene rápido a la cabeza es ésa: luz tranquila. No la luz violenta del centro de la ciudad. Sólo cercana a la del Vedado más durmiente en los filtros tenues. Un pueblito al este, a unas decenas de kilómetros. Viejas casuchas de pescadores. Y alejándose del mar, manzanas estructuradas como villa norteamericana. Árboles en bordes de calles anchas, pero íntimas. Casitas cómicas con columpios en el portal. Recuerdo columpios verdes y rojos. He querido desde siempre reconstruir aquellos días. He insistido, he deseado decir todo aquel olor. Hoy digo esto y mañana algo muy parecido. Rehago el pueblo con su carrusel, su club, el anón del patio. Todo en mi cabeza. Y en mis líneas escritas casi nada. Hablo hoy de una tarde cualquiera. Por la mañana nos bañamos en la playa, hacía un día demasiado bueno.

De esos que se rompen en su mitad para dejarnos con nubes, olor a lluvia y lluvia. Comimos arroz amarillo. Me acosté un ratico. Desde mi camita veía a mi madre doblando unas toallas. Las persianas de madera intentaban que no se supiera de allá afuera. Recuerdo que todo estaba gris, alicaído. Yo medio dormido. Mi madre dijo casi para ella, casi para nadie: «Eso que suena es la lluvia». Yo sentí la tarde, el sonido de la lluvia, la tarde pasando. Estábamos inmunes y tan débiles a la vez. Recuerdo aquella tarde y aún noto la humedad.

Corrían finales de 1863. Se moría un poeta. Enterraban a un tipo de extremos, a uno de esos que, aunque pocos, da la isla cada cierto tiempo. Recuerdo cómo se describe (y el recuerdo es de sentir lo leído) en Memorias de Lola María la tarde del entierro.

Me acuerdo que un párrafo se iniciaba así:

«La tarde tristísima; el sol velado por espesos nubarrones que presagiaban lluvia –como así fue…». Luego hablaba del cortejo, de la llovizna (pocas palabras me gustan más). Llovizna. El cortejo iba por una línea escoltada de pinos.

Escribo en medio de un viaje absurdo estas dos tardes en que hay pinos, lluvia, entierros, muchas cosas que apenas alcanzo a esbozar. Límpidas posesiones, inútiles amigos con los que el cariño es inevitable.

VI.

Esperó (*paciencia, paciencia*) a que quedara más o menos despejada la cafetería. Pidió su gaseosa, su chocolatina. Y por primera vez se sentó de frente al viaje. Andaban cerca de Puebla de Sanabria. Había nieve a lo lejos. El paisaje tenía tremendas ganas de regalar bondad, linduras. Otto estaba lleno de ganas de reírse. Maniobras de poca monta. Ridiculez. Ganas de reírse. Y el refresco produciendo sus gases. *Mastica de este lado, esa muela está mal empastada.* Se detiene el tren. Hay que dejar pasar al que viene de frente. Paciencia, paciencia.

Mis ruidos

¿Qué mecanismo interviene en que a esta casa la recorran nítidamente las voces? Les hablo para ver si lo entiendo. Si logro dar con una explicación. Me voy a ahorrar los tecnicismos: la constitución de este espacio, las paredes, los materiales, la disposición de los rincones, la matemática de las resonancias y otros relatos. De ellos no vendrán soluciones a mi desasosiego. Tampoco se trata de fantasmas parlantes. Ni de estribillos que este circuito de piedra y madera repite. Estoy hablando de que mi madre susurra desde cualquier lugar de la casa y yo la oigo. De que los murmullos, lo entrecortado, lo dicho para uno mismo se transmite transparente para todos los que habiten o estén de paso por aquí. Si estoy en el otro extremo de la casa arreglando algo (por ejemplo: organizando cajas o maletines que todavía estorban desde la mudada) y ella le dice sottovoce al almuerzo: *bueno, creo que ya está*, no tiene que llamarme, sé que me espera y dejo todo lo demás. O cuando estamos sentados, cayendo la tarde, para un buen café con leche. Comentamos cualquier cosa en un tono muy bajito. Y a veces dejamos a medio hacer frases, completadas por el otro apenas con dificultad. Sentados, hablamos bajito y entendemos rápido. No hay que decir qué, dime, no te oí, cómo. Nos entendemos tranquilamente. Paladeamos el café con leche, miramos la luz que va siendo cada vez menos, miramos los tejados, las ventanas de los vecinos y así. Dedico tantas horas a pensar este problema. Y sí es un problema, aunque no se lo crean ustedes. No les he contado la otra parte del asunto. Se oyen las voces, las palabras o suspiros como si estuviéramos en una bóveda. Sonidos resonantes, diáfanos, amplios y amables. Pero los ruidos no. A eso me refiero. Los ruidos no tienen eco en este sitio. Suceden y ya. Se rueda una cama, se rompe una lámpara, correteo yo por la habitación de al lado y mi madre me hace durmiendo. Me quedo en la cama únicamente viendo oscuridad, creyendo que es lo más temprano de la mañana y entra de repente mi madre para que vaya a comer. No he sentido ningún ruido, ningún movimiento por la casa, nada. Es muy difícil aceptar, al menos para mí, que sólo puedas escuchar los ruidos que existan a tu lado. Si estoy en mi habitación y se caen unas tongas de libros en el salón, nadie en el mundo las oye chocar contra el suelo. Ni siquiera mi madre que está ahí al lado, en el otro cuarto. A ella algo tan evidente y a la vez tan pesado de entender debe inquietarle. Puede que no lo llegue a resolver con palabras, sin embargo existe y le habita. Las voces de los vecinos subiendo las escaleras, pero no los pasos de los vecinos subiendo las escaleras. Sus historias las conocemos al dedillo. Claro, ellos se han encargado de vestirlas de frases antes. No oímos su vida, sabemos las frases de su vida. Como si el mundo sólo fuese voces y sólo tuviéramos los ruidos que se mencionan. Tal vez todo sea producto de mi imaginación. Tal vez todo sea mera estrategia: recordarme dónde está lo cierto, esas voces que vienen y van dentro. Tengo, eso sí, la certeza de que la casa cumple una misión. Que de momento, resulta incomprensible para mí.

El hijo de la frutera

Uno de esos tipos que dejan los refranes en suspenso. Que los terminan al cabo de unos segundos. Como dándote la impresión de que tienen una verdad importante entre las manos. Eso, tradicionalmente, me ha molestado. Pero en su caso era distinto. Me permitía el tiempo justo para sumergirme en las palabras. Y eso, tradicionalmente, me ha importado. Meterme en las palabras. En un limbo pequeño y confortable donde olvidar un poco todo. A mi madre le cuesta mucho bajar de casa. Son cuatro pisos. Sin ascensor. Unas viejas escaleras de madera no excesivamente incómodas. Pero son cuatro y ella llega arriba sin aliento. A pesar de que los sube poco a poco, descansando. Así que no le gusta demasiado bajar. Una ventana de nuestro pisito da sobre los tejados vecinos. Ella pasa las horas mirando la ropa tendida, la gente que se asoma a los balcones estrechos, el tiempo (la llovizna o el atardecer torpe que ya a las cinco de la tarde dice *aquí estoy*). Una vez a ras del suelo, puedo decir que casi todo lo tenemos cerca. Un mercado. Una panadería. Teléfonos públicos. Un estanco. Unos chinos. Y una frutería, que es lo importante aquí y ahora. Limones, manzanas, mandarinas y algunos días kiwi. Me atendía la dueña. Una señorona gruesa teñida de rubio. Me alteraba hablar con ella. Su manera de revisarme y su cacareo hipócrita. Que si están muy buenas estas manzanas que se lleva. Y yo, que soy arisco por regla general, asiento con un sí barato. Reconozco que tras mis primeras visitas a la frutería, conseguía pedirle lo que quería y apenas saber que estaba ahí. Era un logro. El duro aprendizaje de la sordera útil. A veces continuaba pensando lo que ya traía en mente antes de entrar al local. Aunque no siempre ocurría así. Y debía armar de sonidos mi cabeza mientras elegía y pagaba. De esta forma hallé en su hijo el alivio. Otro canal, más interesante. Él, sin variaciones, estaba al fondo cargando cajas, ordenando pilas de frutas o sacando cuentas infinitas. O, en el mejor de los casos, en la puerta hablando de fútbol con Urbano, un vejete simpático. Sus diálogos no me entusiasmaban especialmente. Pero algo es algo. Se intercambiaban razones obvias, mejores jugadores de la historia, promesas que revolucionarían la liga. Javier movía las palabras con rareza. Las situaba en lugares sorpresivos para mí. Y no es que pronunciara el perseguido nombre de Dios ni nada extraordinario. Sólo que me gustaba cómo enredaba sus frases hasta casi terminar afirmando lo contrario de lo que quería. Urbano no me interesaba. Sus opiniones eran concisas, repetitivas. Pero Javier, en medio de ademanes exagerados, llegaba a conclusiones insólitas. Nunca podría explicárselo, y sin embargo le agradecía de verdad que me entretuviera mientras sucedía la transacción con su madre. O bien se trataba sólo de un placer que nacía de las palabras ronroneando. Ajenas y raras. No me he dirigido a él. Un hasta luego y su respuesta, nada más. Sí lo he visto por el barrio muchas veces. Por la tardecita me siento en la Plaza de Juan Pujol (muy cerca de casa). Le doy de comer a las palomas. Levanto la vista para verlas en los aleros cuando me acerco a mi banco. Cuando comprueban que traigo algo de pan para ellas arman buen escándalo. Vienen todas. La plaza está limitada por callejones adoquinados, por calles que siguen de largo sin más o que terminan de repente sin explicaciones. Cuando las palomas bajan a comer se oscurece la plaza. Tapan el cielo. Suena su vuelo. Caen. Y ahí estoy yo, esperándolas como un imbécil. Esperando para alimentar a unas palomas gordas. A esa hora pasan a menudo Javier y su novia por la plaza. Él la aprieta por la cintura. Siempre se ríen. Intento oír lo que se dicen o pienso en algo captado en la frutería. De ahí paso a las palabras, a su sentido, a su sabor, a su anatomía. Las palabras y lo que ocupan en nosotros. Las palabras del hijo de la frutera ocupando algo de lo que me ha tocado vivir. Un poco del poco tiempo que duro ocupado en los laberintos que me regaló. Mi madre lleva un buen rato sola. Debo subir.

El descubrimiento

Una de esas tardes a la medida de los amantes, como diría Virgilio, enfilábamos mi padre y yo la calle del Pez. Él venía hablándome de los papeles que necesitaba para nacionalizarme. Yo le hacía alguna que otra broma. *¿Y si yo quisiera, no sé, de repente, ser uzbeko?* Se reía y caminábamos casi contentos. Mi padre llevaba un mes conmigo. Y estaría otro antes de regresar a la vedadense *casa patrucial*, como les gusta decir a mis primos gallegos. Otro mes y luego se iría con mi madre y mi abuela. Trataba de estar alegre y despreocupado, pero esos ojos verdes que no engañan a nadie delataban la angustia por tener que dejarme atrás pronto y por no se sabe qué tiempo. Nos aproximamos a la vidriera de una ferretería. Buscaba mi padre algo que tenía que *quedar resuelto* antes de que se fuera. Un artilugio que yo no sabría instalar en el nuevo apartamentico al que me había mudado. Revisó todos los productos y aseguró que *era como ése, el que está detrás del negro*. Me miró para saber si yo entendía. La luz, la tarde, la vidriera y mi mirada se divertían juntos en un entretenimiento de reflejos. Asentí. *Sí, me imagino que sí*, dije. Me seguía observando. En otros momentos se me quedaba así y terminaba poniéndose bravo y diciéndome con ganas de morderme: *ya sé que a ti esto te importa un carajo, oye, no se puede ser así*. Pero esta vez me sorprendió. *Tienes una cana*. Puse cara de hacerme gracia. Él se acercó a mi cara y me investigó la barba. Repitió. *Tienes una cana*. Yo persistía en la misma cara de gracia ridícula. *A ver si vas a tener canas tú tan temprano.* Nos separamos de la tienda y emprendimos de nuevo el camino de regreso a casa. No hablamos hasta llegar. Hasta que tocó quejarse de las escaleras. Viejas escaleras de madera escandalosa. De más está decir que los dos nos sentíamos bastante raros.

La miseria

Llevaba un buen rato en el baño. Laura se había levantado de pronto. Como si hubiera olvidado algo. Hizo algunos ruiditos por allá afuera y se metió en el baño. Entre el aburrimiento que me producía el *Moulin Rouge* de Huston y el desasosiego simple por lo que estaría haciendo Laura, me dirigí con gesto cansado hacia la puerta. Por debajo salía luz. Puede estar haciendo algo que no le gusta que vea. Pensé. Pero rápidamente comprobé que no era así. No había pasado el pestillo. Abrí lentamente y con cierto nerviosismo. Creándome un sabroso clima de suspense. Estaba de pie frente al lavamanos. La mano izquierda, metida en la pata de un panty, estiraba una zona determinada. La derecha cogía pintura de uñas y la echaba en los bordes de los huecos (dos o tres) que tenía la media. A primera vista no entendí nada. Miré de nuevo para aclararme. Hacía eso para que los agujeros no se extendieran. Claro. Movía sus manos pequeñas con gran destreza. Precisión. Belleza. Le dije: *verdad que la miseria es del carajo*. Me miró. No dijo nada y volvió a coger pintura. Yo salí del baño. Iba sin sentimientos, pero con la cabeza zumbando. Es cuando creemos que no vale la pena pensar. Que ya sabemos lo que viene a la mente antes de que llegue. Busqué los cigarros. Arriba del mostrador de la cocina. Ya en la habitación apagué a Toulouse-Lautrec y la luz. Abrí la ventana para fumar. El cuarto es chiquito. Y aunque haga frío, me gusta tener algo abierto. El humo debe salir. Si no ocurre así me pongo incomodísimo. Soy maniático. Hago una ensayada pantomima antes de abrir la puerta de la calle (por ejemplo). Cuando era niño debían empezar con A la primera y la última palabra que dijera en el día (por ejemplo). Lo mismo con la ventana abierta mientras fumo. Si no lo hago reviento. El cenicero, la almohada levantada. Postura intermedia entre el acostado y el sentado. La ventana, con su cristal en el centro y luego la tapa de madera algo hinchada. Para que no mire nadie, ni el frío. Al abrirla toda y mirar desde la cama, se ve el edificio del fondo. Era madrugada ya. Todo estaba oscuro. Y más oscuros aún los recuadros de las ventanas. Sólo una lucecita. Una hoja entreabierta. Y un sonido (como de papel de regalo que cumplió su misión y es estrujado hasta desahogarnos). Por la rendija el aire hacía sonar un nylon. Cuando noté la claridad enseguida localicé los contornos. El sonido. Y su insistencia molesta y mínima. Seguro sería la ventana de un trastero. Cacharros y herramientas. Y así, con la teoría de una historia y una familia y unas vidas, se me iba el tiempo. Fumaba tranquilamente. Esperaba a que Laura volviese. Me hiciera compañía. Tocarnos y hablar un poco de nosotros o del verano que imaginamos. Y que pasara el tiempo. No hay más nada. Ninguna solución es solución.

Descripción

Prendió un cigarrillo en la calle Vallehermoso. Atrás quedaba ella. Su rostro con ganas de besitos. Iniciaba el regreso y una mínima, pero agradable sensación aparecía: la necesidad de observar con ojos de vivo. Recibió el raro preámbulo a un estado de vigilancia. Como casi todo en esta vida, aquello era una defensa. Una estructura defensiva. Observaba que al día lo inundaba la luz. El sol presentaba la forma del día, la diseñaba. El sol podría hablar en términos de amo. Un día de poco frío, asombrosamente cálido. Febrero tiene fama aquí de ser el más invernal de los meses. Pues... quince grados. Miró la calle recta llena de familias ásperas que iban a comer en el bar de siempre después de los aperitivos en el de casi siempre. La calle interminable que él abandonaba todos los días a la altura del mercado. Atendía a los tonos y palabras usadas en las conversaciones que él atravesaba y dejaba atrás, sin mirar, como si de una cortina de humo o más dramático aún, como si de una batalla incierta se tratase. Aspiró (al pasar) el tabaco que la pipa de aquel gordo barbudo quemaba. Y grabó la contorsión de una vieja que se rascaba el cuello bajo el pañuelo. No dejaba de ser una rutina la investigación que dedicaba, antes del mercado y del giro a la izquierda, al escaparate de la tienda de animales. Las peceras que los perritos ocupaban y las tiras de periódicos que orinaban, mordisqueaban y les servían de cama. Pasó rápido frente a la tienda, pero no dejó de atender. Y el último perrito le vio pasar. Cruzaron miradas. Se volvieron serios sus pasos. Una larga calada. Se mantuvo torpe el resto del camino. Compró dos litros de zumo de melocotón y uno de leche. Compró el periódico.

Quería leer un artículo de John Updike sobre las biografías literarias. Cuando subió el último escalón requirió para sus pulmones de una ráfaga inmensa de aire. Apenas fue complacido.

Colocó el zumo, la leche y el periódico y escribió:

uno de esos extraños días de calor
en mitad del invierno
uno de esos días en que notamos somos
la mirada de un perro
un perro ínfimo que pintó Rousseau en 1908
la mirada de un perro
desde la vidriera

El enemigo en fútbol

Una de las asociaciones culturales del barrio. Una de esas agrupaciones compuestas por jóvenes que se empeñan en llevar la camiseta del asesino con boina que les regaló *aquella tía chachi* (y a la que ellos –él y él y él y ella y él– no supieron complacer). No sé si me desespera más su disfrute de la ignorancia abrupta o su imposibilidad para terminar cualquier frase sencilla. Uno de esos grupos le propuso a un amigo, acusado de sociólogo diestro, que les impartiera unos cursitos sobre la violencia en el mundo desarrollado. Él perseguía dialécticamente a una muchachita muy hermosa si callaba. Y tras la conquista huyó del barrio con ella por un tiempo, regalándome en llamada a hora rara la propuesta de que les diera el curso yo. Me negué en un principio. Que además no me agradaban ellos en sí. Eso respondí, al teléfono, en la prisa de cualquier no vulgar. No sé cómo convenció a la muchacha de que se restregasen hasta encontrar las concordancias en sus políticas amatorias. A mí me convenció que su edición de las memorias de Koestler sería mía. Me dijo que diera la primera conferencia, que igual conocía a alguien y así aliviaba mi soledad calcárea y que si no me (o les) acomodaba en aquello, me retirase. Así ocurrió. Un miércoles les leí un texto que iniciaba (y terminaba) el curso. No les gustó algo que yo titulé *El enemigo en fútbol* y del que ofrezco algunos extractos:

Tras las nacaradas superficies, después de pieles límpidas, tendrán que encontrar (aquellos que se adentren) praderas más densas, más capaces de colocarnos en el riesgo de pensar, de perdernos o de ser irremediablemente nosotros mismos. […]

El fútbol como cualquier otra reserva india en que se conducen viejos cauces hacia su fin y hacia su motivo es un espacio tan devastado como cualquier otra retícula derrotable (es decir, comercializable) en que todavía (y no sé por cuánto tiempo) se producen decisiones, batallas, rozaduras con la verdad. Orondez de ancianos rincones. [...]

Menotti sobre Thomas Hässler comentó que los grandes jugadores son aquellos que siempre eligen bien. Que aquel pequeño 10 alemán tenía todas las condiciones para ser uno de los grandes, pero evidenciaba cierta insistencia a, en las jugadas que definen un partido, elegir cualquier opción menos la que desembarcara en gol. [...]

El hombre hoy en su incapacidad para que la experiencia signifique (duela, mueva, señale). El hombre no murmura más que la mortalidad seca. Decir lo mortal es verdad a escalar. Pero decir la muerte fácil es ser oruga, piedra, coral, algo sin conciencia. En el fútbol alguien (especie a proteger) entreví todas las decisiones posibles en la nitidez de su alcance. Rápidas consecuencias en que tomamos en cuenta al otro-nuestro y al otro-enemigo. Sabemos que nuestras acrobacias más entrenadas, veloces y enrevesadas, pueden (y debemos apoyarnos en azares de la destreza) obtener la exactitud de un fin jubiloso. [...]

Sabemos que los que contribuyen a algo pleno son de los nuestros, que los que impiden todo vericueto del espíritu más íntimo, más de nuestra forma, serán enemigos con los que conversar después, pero ahora lucen como hiel del otro. [...]

Hay una protesta de hondura incesante: gorjear nuestra rabia de vivos. Pero a nada lleva la gritería en que no nos vemos. En que no vemos al prójimo con tacos de calamina y fiera picaresca aproximarse. Sólo el que llega al predicado sabe qué regate es la belleza, es decir, la verdad. En fútbol el enemigo es lo que debe ser: situación equívoca del camino. Alguien a quien derrotarán nuestras artes y ciertas tardes arribaremos a una gloria, a un colmo que colma. Aquí el enemigo sirve para la memoria esencial: podemos (si para una cabriola, un gesto de nieve, somos aptos) ser siluetas de la alegría o sus esquirlas. Podemos recordar cómo termina todo. Con una difícil pena o con voluntariosa victoria. Podemos repetir la base de todos los finales, su oscilar de sabiduría.

III.

Cuatro túmulos

Monreal

La cara alargada y sin afeitar de Monreal se contrajo al levantarse tristemente de su mesa para dejar el vaso. Lo agarraba con fuerza. Fue a la barra y lo soltó con precisión sobre el círculo que dibujó un vaso anterior. Se iba ya. Al pasar por la mesa que había ocupado se tambaleó. Puede que dijera un ay muy tímido. Y cayó sin darle tiempo a llevarse las manos al pecho del que vino su muerte.

Un hombre joven se aproximó. Al ver aquellos ojos muy abiertos, con sorpresa pero no con vértigo, pagó esparciendo el dinero sobre cualquier mesa y sin levantar la vista se marchó.

Un cuarentón mal afeitado con una camisa de extraños pájaros azules le gritó al del bar que llamara a la policía o a una ambulancia o a cualquier lado pero que hiciera algo. Cuando todo acabó, las preguntas y preguntas, esto y aquello y lo mismo, se fue a su casa por el camino de siempre.

El hombre joven se sentía raro al salir del bar. No se veía impresionado por la muerte de un desconocido. Ni porque su cara alargada notara como agujas las últimas gotas de la llovizna. Pero algo hacía que no encajara en esa calle estrecha, o mejor, en ese tiempo sin importancia. Avanzaba, incómodo, como mirándose desnudo en un espejo en que podía verse de cuerpo entero.

Al cuarentón le dolía un poco el estómago. Y le molestaba la lluvia. Cuando dobló por una esquina iluminada arrancó de junto al poste un tallo que se puso a mordisquear. Se sentía nervioso y quería llegar pronto a casa. Tenía que pasar por el parque. El parque pequeño, desagradable. Nunca lo recorría a gusto no sabía por qué. Había dejado del todo aplanada una punta del tallo. Comenzó con el otro extremo y experimentó el placer de masticar algo intacto.

Se había sentado el joven junto a la senda de piedras que llevaba al centro del parque. Parecía haber caído en aquella posición y no haberse movido en horas. Sus antebrazos ocupaban casi todo el banco.

Se acercó el cuarentón. En la única esquina libre de aquel cuerpo, se sentó. Con las rodillas muy juntas y la espalda recta, sin apenas recostarse, masticaba insistentemente el tallo.

Se miraron recorriéndose.

Pensaba el cuarentón que aquel joven tan elegante no tenía muchos deseos de hacer nada. Esa sensación le había inundado tan a menudo que casi se había convertido en excepción el día en que encontraba un motivo para andar.

Al joven le pareció extravagante aquella camisa y pensó que no quería estar sentado tan estúpidamente encogido y mal afeitado como aquel hombre al cabo de los años que les separaban. El joven se fue caminando lentamente. Diez o doce pasos y se volvió donde había quedado el cuarentón encogido como si no estuviese solo.

Nos vemos.

Sí.

El cuarentón al llegar a casa sólo se quitó los zapatos. Abrió la ventana de par en par. Nada podía ayudarlo en ese segundo. Suspiró mientras miraba a la ciudad, húmeda, pasando la áspera mano por su alargado, cansado rostro. El joven besó con más ternura de la habitual a su mujer. Necesitaba una ducha. Tampoco se había afeitado. Después de leer un rato, sintió un sopor inaguantable. No lograba pensar con claridad. Estaba algo cansado.

Cuando Grosz murió

Cuando Grosz murió en un portal de la Savignyplatz, yo seguramente estaba mirando desde la cama, las manos cruzadas sobre el pecho y sobre mi camisa a cuadros grises, incómoda, demasiado estrecha, a una puta gorda quitándose las medias. Derramaba su cuerpo sobre una silla. Los ojos entintados de muchas malas noches. Parecía que los tuviera grandísimos, pero era mentira. Mientras terminaba de quitarse la ropa el pelo se movía persistente, chorreado, ciertamente tierno. Era paciente, como me gustan a mí. Y le gustaba (o simulaba muy bien) estar desnuda. Tenía unos muslos excesivos, lo que hacía creer que tenía menos culo del que poseía y unas tetas pequeñas e inquietas, aunque manoseadas. Yo miraba encantado a aquella mujerona de muequitas aniñadas como últimos restos de su batalla contra la tinta de tantas noches. Y Grosz, apenas a unos metros, se moría completamente borracho. Supe al otro día de su muerte, y supe cuál fue el instante en que murió en ese portal, el segundo en que no pudo contener tanta sombra dentro y llenó de oscuridad ese portal. Fue cuando la puta esperó, cubriéndose como podía con la última tela de que se despojaba, a que yo apagara el cigarrillo. Esperó. Yo aparté mis ojos de las cenizas. Y volví a mirarla. Y me dejó verla.

Jacobo

Jacobo, aquel que fue el escondido deseo de las mujeres casadas, aquel que dedicó limpios versos a la escarcha, ha decidido morir. Ha decidido diseñar su muerte en un intento musculoso de hacer lo que hace Dios: geometría. Aún consigue colocarse el traje de los paseos sin dificultad, pero tiene decidido morir. Y lo hará dejándose habitar por el hilvanado humo de la Ley. Cruzará su apartamento después de tomar la última copita. Llegará a la meseta final de su cama. Jacobo ha decidido descansar sin brusquedades hasta que venga la Tan Temida. Dedicará los días que van hacia su muerte al repaso de lo áureo que tuvo. Jacobo, aquel que trató con galante sorna al invierno, aquel viento cómodo para los amigos y para las velas (las que traían a este puerto nuevas ideas sedosas), morirá a lo largo de su vida memoriada. No alimentará más al cuerpo que tanto salitre derrotó. Un poco de agua para durar toda la novela de su recuerdo. Repetirá, no sé si con los ojos secos, el fin de aquel poema que en su juventud le escribió a Silio Itálico, otro lento suicida: «...tú, oculto ínfimo, mancha en una Historia de la Literatura Latina, trance hacia la parda superficie, cómo habrás pensado el último amanecer de Campania, tú, que eras otra vez la muerte de Virgilio».

Murió joven

Murió joven. Dejó un poema corto del que casi todos recuerdan el mismo verso. Alguien me asegura que cada año un pequeño grupo de exiliados viene desde Roma, Budapest o Reykjavík a recitarlo ante su tumba. Fue un tipo incómodo. Nadie le recuerda de otra manera que solo, discurriendo por las avenidas húmedas. Solía ser desagradable y lanzaba infinitas groserías. Esos pocos que fueron sus amigos, seres desconocidos, inconsolables, irreales, reconocen que a él le asquea la visita anual. Su hermana guarda la hoja de libreta en que escribió el epitafio que prefería (y que no pusieron) en su lápida. Ella lo dictó en una entrevista: «Aquí espera quien estuvo de paso, quien fue pobremente hacia otra parte. Quiso dejar una sabia preocupación, un breve sangramiento, como el que producen ciertos inmensos mojones. Le sea regalada la paz. No puede pagarla.»

IV.

Nueve láminas

Ser posadera

Ser posadera me ha hecho ver mucho de lo que esta vida trae en sus alforjas. Sin ser mentirosa, porque de eso nunca se me podrá acusar, tengo que decir que mi posada es la más cómoda, limpia y con mejores vinos de toda la comarca, de todo el valle. He visto pasar por aquí grandes caballeros y nombres que se cambiarán algún día por uno propio de Papa. He visto a nobles y a bandidos también. Estos últimos a veces durmieron con la apariencia de nobles en mis habitaciones sin robar ni romper nada. Soy una mujer religiosa. Suelo ir a la iglesia de Séguret a menudo. Y rezo, claro que rezo en el silencio de mi posada en la noche. Y Dios sabe que sospecho hasta lo que no existe. Que estoy curada de espanto. Pero estos niños... he conocido más historias sobre ellos que los que he visto. Contadas por peregrinos inolvidables, han llegado fantasías y leyendas. Es ésta una región muy antigua. Por aquí han pasado todos. Los elefantes de Aníbal. Los romanos. Los sarracenos dominaron cien años muy cerca de aquí. Digo que las historias duermen en estos valles, en algunos bosques sombríos y pueden ser despertadas por un poeta recostado a un castaño pensando en su dama lejana o por un borracho que, trastabillando por un sendero, encuentra una estatua enterrada. Vivo atenta a lo que cuentan los viajeros y los rincones y nunca había recibido tanta piedad alegre. Estos niños, niñitos pequeños que habían aprendido sólo unas pocas palabras. A algunos que venían más del Norte nada se les entendía. Estos niños con sus cruces de ramas, sus rostros con las huellas de lágrimas viejas, parecían encantados. ¡Que el Cielo los proteja y que encuentren gentes buenas, pues van a Tierra Santa, hacia Jesús! Son pobres, inocentes, débiles y ante nada retroceden. Dan ganas de llorar por la hermosura de sus caras atravesando las noches y el viento de los valles. Nada podrá compararse a esa luz. Me han contado que han ido muchos hacia Marsella. Por aquí han pasado unas decenas. Uno, si lo viera usted, pasó dando saltos y sonrió, parecía un duendecillo de limo. Oh, era el Amor... hacia Tierra Santa... y pasó por allá fuera, cerca de donde dejó usted su caballo. ¿Un poco más de vino?

Necesitaba descansar

Necesitaba descansar. En los últimos días había dormido muy pocas horas. Y la vista ya le centelleaba como sabía que le ocurría al final de sus fuerzas. Había echado a andar sin mirar demasiado alrededor. Sin más propósito que caer en una cama hasta que la madrugada le hiciera levantar para sumergirse entre legajos y disponer los castigos para aquellos blasfemos. Lo que no era habitual en su cansancio era que le faltase el aire. Que su respiración fuese tan ansiosa. Caminó con las manos entrelazadas a la espalda, como solía hacer. Con la vista en el suelo, casi entretenido con la sucesión de sus pasos y casi en asuntos pendientes de que su mano sabia los tocase al siguiente día. Pero sentía un ahogo creciente. Tenía que ir más lejos en su regreso. No era la primera vez que pensaba que un rotundo golpe acabaría con un cuerpo como el suyo, siempre al borde del desfallecimiento. No se podía permitir que vieran al maestro caer. Y menos aquí, donde ahora su palabra era ley y su ley la única ley, designio divino que baja y escarmienta a los disolutos ciudadanos de Ginebra. Anduvo e intentó parecer meditabundo, como si la lentitud de su andar y un rostro de estar ante el Demonio, sólo fuesen signos de la intensa vida interior que el Maestro Jean llevaba. Deseaba suponer que los que lo saludaban con respeto y seguían rápidamente para no exponer el miedo, el terror que sentían ante el veloz sentenciador, no percibían el estado en que se encontraba en esta caminata. Tenía que hacer cada vez más esfuerzo para buscar el aire necesario. Decidió que al llegar a la callejuela, al atajo hasta su celda, pararía un momento. Y así lo hizo. Se recostó al muro, puso las palmas de las manos por la húmeda superficie. Las movió un poco esperando que la aspereza o el musgo le diesen algo de realidad a sus sentidos. Frente a él, como dibujado, caía un rayo recto de sol. Esa tibieza sobre el jardincillo de la casa del zapatero. Luz sobre unas plantas. Unas rosas bajo el sol. Nada nuevo. Unas rosas gordas y graciosas. Se veían jóvenes, de ayer mismo. Algo que no pudo precisar revoloteaba. Y el sol insistiendo. Sin cesar y sin la ley del Maestro Jean. El aire que le faltaba todo estaba en el interior, en el corazón de aquellas rosas. Ese trozo de calle silenciosa, que era su último recorrido antes de encerrarse, se rebelaba ahora ante sus disposiciones, ante el recato, la sobriedad (o grisura, decían algunos en susurros). Ante la contención y los recios mandatos que el Maestro Jean traducía de los Evangelios o de lo que el Señor le platicaba, aquella herejía luminosa. ¡Cómo era posible semejante afrenta! Asqueado. Con una mano sobre el muro, arañándolo tal vez. Con la otra estiraba la boca abierta en busca de aire y más aire. Así se retiró. Así se escondió Jean Calvin de la primavera.

Se había combatido hasta bien entrada la noche

Se había combatido hasta bien entrada la noche. Los que resistían ya eran pocos y estaban faltos de todo. El holandés había decidido que sus hombres descansasen unas horas para emprender el asalto final a la ciudad. Sabía que les esperaba un saqueo fácil. Que sus barcos se echarían al mar bien cargados. Que no habría más que matar y romper, incendiar y asustar, para lo que aquellos salvajes de la tripulación lucían siempre dispuestos. Pidió con un grito seco que le llevasen algo de comer al borde de la cumbre. A una veintena de pasos los hombres se desperezaban, limpiaban sus armas más como forma viril de desayunar que por necesidad. Conversaban aún recostados unos a otros, caídos. El día iba a requerir de todas sus fuerzas, también la de sus gargantas. Así que susurraban, gruñían bajito. El holandés se había girado hacia ellos y los contemplaba con indiferencia. No eran sus compañeros de batalla, sólo unos brutos. Al recibir la jarra y el trozo de carne les dio otra vez la espalda y regresó, entre sorbo y mordida, al amanecer. Estaba frente a él y frente a la cumbre acantilada el sueño auténtico del hermoso amanecer. Allí parado, al borde del abismo, observaba cómo amanecía en el mar de la isla. Dejó de sospechar por un momento que debía cuidarse, que tal vez a alguno de sus hombres le diera por matarlo allí mismo. Alguno habría con motivos o alguno de sus oficiales podría pagar por verle caer y ya. Dejó de pensar en realidad. Mordía y tragaba y veía cómo el sol se envalentonaba allá lejos. Las nubes impedían la nitidez en el horizonte. El día era fresco. Apartó la jarra y se sentó. Pasándose una mano por la barba. El holandés no atravesaba una especial melancolía: ni pensaba en su tierra ni los rostros que le podían recordar lo grato se le acercaban. Sólo el amanecer y el sol, que rompía aquí y allá las nubes y posaba claros rubios en el mar. Lo que tenía ante sí era grandioso. No alcanzaba a entenderse allí sentado cuando hacía un buen rato que tendrían que haber atacado. La voz de un pirata que se le acercó por detrás le hizo regresar del ensueño, de los fulgores, de aquella anunciación. *Parece la mañana de la Gloria. El Señor trabaja.* El holandés, sin levantarse observó al palurdo, a la cara abotargada que se asomaba al borde. Sonrieron sin quererlo. Van der Goes volvió a mirar la luz entre las nubes. Los círculos de alegría sobre el mar. La costa y el mar. La oscuridad azul y lo carmelita, lo verdoso. Y la luz, como una columna, uniendo mar y cielo. Poniendo sobre el mar un relumbre de Dios. Se levantó de un salto y comenzó a gritar. *Que ya es hora. Vamos. Nos espera mucho oro.* Mucho oro sobre el mar.

Mi hermano mayor

Mi hermano mayor, Morten, me ha leído en la tarde de ayer algo que escribió K, sí, el famoso pensador, un hombre admirado y burlado a la vez. Me leyó uno de los fragmentos que K tituló *Diapsálmata*. Me hizo llorar hondamente y reír de gozo. Porque soy yo el protagonista de ese escrito. Sí. K paseaba por la ciudad y oyó mi violín tocando a Mozart, y el violín del viejo Preben a mi lado. Describió en su fragmento la alegría de aquellos instantes al lado de la iglesia, describió la levita grande que me regaló aquella viuda, mis dedos amoratados por el frío, la pequeña Marta que recogía las monedas para nosotros. Ay, pequeñita, por qué tenías que morir tan pronto. K escribió las gentes que pararon ante nuestra música, el ruido de los carruajes y de los quehaceres. Mi hermano lo leyó todo con emoción en la voz, como si hubiera llorado mucho antes de decidirse a compartirlo conmigo, el protagonista, y pensando que ya podía controlarse viniese y se diese cuenta mientras lo entonaba que no, que no podía controlarse todavía. No pude contener las ganas de explotar de una sensación más grande que el sol que no he visto, una sensación sin cabida en mí. No soy un gran músico. Pero Mozart a través de mí llegó y alivió la tarde de K. Y quizás eso lo reciba alguien lejano y piense en mí, en un pobre violinista ciego de Copenhague. Recordaré sus palabras: *Infeliz pareja de artistas, tened presente que estas melodías encierran en sí toda la magnificencia del mundo.* Sí, noble K, este infeliz ahora siente algo que se parece a la felicidad.

Aquellas páginas

Aquellas páginas me fueron recomendadas por varios de los mejores lectores que conozco. Se trataba de un escrito breve, algo desabrido y profundamente lamentable. Así me pareció cuando por fin cayó en mis manos. Lo dejé olvidado entre mis papeles. Debajo de libros pendientes: *El hombrecillo de los gansos* de Wasserman, los *Diarios* de Walter Scott. Un día de meses después. Cuando terminé una página absurda, cuando llegué a la conclusión de que todo el esfuerzo de la jornada había sido en vano. Y caí en el sofá para nadar en mi fracaso y para atribuirle causas más estructuradas. Me fijé en el bulto de libros situados a la espera de mí como lector. Necesitaba algo breve y que me abriese y me alejase. Volví a leer aquellas páginas. Esta vez sí me envolvieron. Sí me dieron una clave para seguir. No importan como literatura. Importan como rasgo, como escritor sucediendo. Contaba aquel relato cómo un niño recibía desde la despensa una conversación. El niño acostumbraba a contarse historias mientras jugaba entre minucias, recostado a odres y sacos de harina. Se pensaba en Luxor. O entre columnas que antecedían el pasillo más oscuro del más aventurero castillo. Sin tiempo y sin escenario fijo, el niño pasaba horas en la niebla sabrosa de sus invenciones. El día en que sitúa el relato parecía uno más de juegos solitarios. Pero algo apartó a la esgrima, al sonido de los kris entrechocando. Venían desde la cocina varias voces. Quiso salir para ver de quién se trataba. Las voces se acercaban y contra lo que en un principio pensaba hacer (o sea, salir a ver), se recostó a un saco que estaba detrás de la puerta. Toda una garita para el acecho. Dejó abierto sólo un hilo la puerta. Lo suficiente como para que la conversación de los que interrumpieron su tribulación entre malayos pudiese entretenerle. Reconoció la primera voz: la de su madre, invitando a sentarse en la cocina que era un lugar tranquilo a esas horas. La de su padre, la segunda, proponiendo a una tercera persona que hablase en confianza. Y la tercera, una voz desesperada, que por momentos se hacía añicos. Parecía un montón de huesos de varias voces que se superponían y no conseguían armar una pequeña. A ratos era un torrente sin mesura. Contenía palabras aquel torrente que no conocía. Y otras que tomaban un significado diferente al que el niño les había colocado. El escrito nace de lo que oyó aquel día, de lo que entendió después de mucha masticación y de sus primeras experiencias de adulto. La tercera voz era la de un poeta, un amigo de la familia. Aquel hombre frágil, conciencia cada vez más importante, contaba sollozando (virilmente, eso sí) su necesidad de opio. Contaba su desvida sin el opio. Cómo no podía seguir (y no siguió) sin él. Recordaba el escrito (que recordaba el niño) que la madre había hablado con todo su dulzor y le había aconsejado al poeta que si lo necesitaba tanto que no sufriera por no tenerlo, que se lo procurase y ya. Y el poeta tras esta frase y un suspiro torpe le alabó al padre la comprensiva esposa que tenía, aquella sí suponía un apoyo en nuestra amargura terrestre. El niño grabó en su memoria la escena, para ser exactos: las voces. Y cuando estuvo años después en la misma situación que el poeta la reconstruyó como el corazón secreto de su obra, lo que no sabrían muchos lectores. Ese centro en que residía un ejemplo, es decir, un mito. Para él el vértice de una sabiduría compleja. Aquel niño de nueve años oyó sus primeras campanadas mortales.

Van estas líneas

Van estas líneas para disipar el estado de preocupación en que se encuentran. Si he permanecido aquí hasta ahora, agosto del 15, ha sido gracias a la decisión adecuada. Cuanto me insinuáis en vuestra carta se podría resumir en una sentencia: estoy loca y la Escuela es una secta que me ha cambiado y me moldea a su gusto. Sé que todo lo que conteste será inútil, pues ya habéis declarado una guerra y no pararéis hasta que haya un campo de batalla bien surtido de cadáveres. El mío será el que primero se pudra. Porque si atacáis a quienes me han acogido, a quienes me han enseñado el camino que apenas comienzo no tengáis duda alguna sobre mi posición. Estaré como escudo entre vosotros y la Escuela. Advertido esto, intentaré lo que antes califiqué de inútil: explicar las razones de mi vida en este lugar tan alejado. Aquí la vida transcurre en una tranquila tensión. Me explico. Estamos aislados y demasiado cerca de la Guerra. Esto ayuda a que no veamos la muerte que sabemos numerosa y a que notemos sus ecos como si la explosión se produjese en nosotros mismos o en un vecino. Paso mis días aprendiendo el idioma local y entrevistándome diariamente con la Dra. 2. Al famoso Dr. 1 lo he visto en alguna ocasión. Es un hombre que impresiona, que nos hace disminuir hasta el polvo y de él nos saca con su sabiduría. A todos los doctores con los que he hablado debo agradecer algo. La Dra. 2, que es mi tutora, me enseña a pensar, acto que no puedo asegurar que haya cometido antes. Cuando aprenda el idioma de los doctores es posible que me atienda otro especialista. La Dra. 2 me habla en su inglés preciso y difícil de tergiversar. ¿Qué hago día tras día? Atender a las zonas que me conforman, pero allá en el fondo. Trato progresivamente de ir descubriendo el alfabeto de mi espíritu, de afianzar lo que se cae o de alzarme entre lo desconocido. Dibujo lo que mi mente me dicta en los sueños o en la vigilia irracional. Es un terreno sobre el que aún no sé hablar. Los que aquí nos hemos refugiado del asqueroso mundo buscamos no la redención, sino el renacimiento. Renacer ante nosotros mismos, primera fase en la obra de otra vez encontrarnos con aquellos altos dioses. No alcanzo a explicar nada, lo sé. Sólo deben recibir la idea de que estoy en el viaje que he elegido y que me hace bien. Ya no mido mi tiempo como si viviera en la gran ciudad que habitáis, ahora avanzo por una noche plena, llena de símbolos importantes. Regresaré cuando mejore… más.

Llegó a París

Llegó a París con la idea de hacerse alabar como genio. Creyó que podría inventar un ismo más. Y de hecho lo inventó, aunque haya sido olvidado. Danzó, como todos los escritores convencidos de sus posibilidades, por los cafés y las tabernas. Pasó hambre y frío, como debe ser. Esos blasones eran necesarios para que creyeran en su sacerdocio. Se maltrató durante toda su juventud y así dejó claro a todos que no soportaba las más burguesas materias. Escribió panfletos contra movimientos y profetas y una novela en verso de insoportable lectura. Tuvo dos discípulos: un joven parisino al que dio una noche lo que llevaba encima (poco) y un periodista de sucesos macabros que venía a verlo cada mañana a su buhardilla después de haber rastreado en busca de crímenes y otras sangres toda la noche. También tuvo dos mujeres. Una puta gorda que se quedaba obnubilada con sus rebuscadas palabras y que le cuidaba hasta conseguirle cualquier capricho con su abundante cuerpo. La otra, una judía ciega. Para él esta última era su dama. Le parecía la sublimación absoluta de lo femenino, la que sacaba sus mejores maneras de caballero. Aunque algunos comentaron lo arisca, taimada y fea que era la ciega. Este hombre cuyo único deseo fue crear escuela, divulgar su genialidad, tener el reconocimiento de los más ilustres, fue tan sólo un equivocado. Alguien que no supo sus alcances y que repitió cada gesto sospechoso de haber conducido desde siempre a la gloria. Habló y habló y gritó su verdad a quien pasaba a su lado, a quien atravesaba el parque que él había elegido como tribuna de su ismo esa tarde, a quien caminaba por la Île Saint Louis una noche de verano, a quien estaba al borde del vómito en aquella tabernucha cercana a la Place Gaillon. No era un loco. Nunca lo fue. Sabía que no le escuchaban. Pero no entendía el porqué. Y otra vez empezaba su retahíla estudiada. Juntaba un poco de opiniones radicales en lo político con pizcas de satanismo y *una mirada mística* sobre la misión del escritor entre los hombres. Solía citar por igual a Eliphas Levi y a Paul Lafargue y se cuenta que al final de su vida Joseph Roth, mientras nuestro personaje chillaba a los transeúntes, le encaró (borrachísimo como estaba) y le dejó con menos argumentos aún de los que parecía tener. La verdad es que no le tomaron en serio nunca. A medida que aumentaban la sordera y la burla él se consumía en la tristeza más crónica. Cuando se hizo un cuarentón le llegó la enfermedad fulminante. La ciega no estuvo ni en la agonía ni en el entierro. La gorda corrió a su lado, el joven se alistó, el periodista anotó sus últimas palabras (*Acerca la lámpara, quiero verme ir*) y las utilizó a los dos días en una crónica sobre el suicidio de un ladrón que acorralado por la policía se mató ante un gran espejo. No podemos decir que fuese una mala persona. No se le recuerdan engaños ni estafas ni miserabilidades. Fue tan sólo un hombre perdido en sus ganas. Cuando comencé la remembranza de aquellos tiempos me encontré su nombre, me llamó la atención e investigué sobre él. Intenté ser despiadado, pues le consideraba un ambicioso y un fracasado. Hoy pienso que su vida no fue más vana que la mía ni su ismo más estúpido que todos mis escritos. Odio días como estos en que cualquiera, incluso este pobre ser, consigue recordarme lo poco que somos, la nada grande con la que puede ser saboreado todo existir.

Estoy convencido

Estoy convencido de que escribir aquello me ha hecho llegar hasta este punto. Exactamente hasta este punto. Hasta este exacto deterioro de todo mi ser. Estoy convencido de que haber escrito aquel libro me ha condenado a esta carrera insaciable hacia el fin. Haber escrito la plegaria espasmódica de ese joven que se parece a mí, pero que no soy yo en ningún caso, quizás un vecino, uno de los jóvenes poetas que desfilaron por la sala de mi casa en tiempos de tertulias y que probó, sin dudas, la limonada de mi madre, siempre amable con tantos bohemios inclasificables. Madrecita, escribir el libro me tiene así, escribir el memorial despiadado de un joven que, tal vez, jugó algún partido de fútbol conmigo, escribir sobre un joven golem me ha convertido en el fantasma de quien fui. Voy resbalando desde hace meses hacia un carcomido estado. No tienen importancia en mi destrucción las enfermedades o los golpes entrenados por la Fortuna para que saliesen a mi encuentro. Ni siquiera ha sido el Amor, esa alternancia de desesperación y de raíces mágicas, una batalla. Repito que sé con toda certeza que la causa de que lo sombrío se lanzase sobre mí, de que la Pálida venga acercándose por el barrio, es aquel libro, aquellas páginas yertas que escribí en una taberna cuando mi corazón pasaba días de cansancio. No las considero entre las mejores que he escrito. Recuerdo con nitidez lo que sentí mientras las escribía, pero jamás les di relevancia dentro de la ya demasiado abundante obra de estos años. Al fin y al cabo sólo se trata del inventario más bien vulgar de lo que un hombre derrotado por la tristeza del mundo puede ofrecer como el zumo de sí mismo. Ese joven, perdido y abyecto, compuso un grito. Una apasionada opereta de terror en que sumando males al universo que contempló, quiso vencer al Arriba y al Abajo, Dentro o Fuera. Mi pecado, el que ha desencadenado el tifón final, fue contribuir al horror, a la náusea o a la sombra de las palabras que al terminar su sentido se despeñan en el Diablo. Perdóneme la mañana de mis días plenos, aquellos verdaderos en que como olas meditadas venían el recogimiento y la imaginada habitación feliz. El castigo por ese libro diabólico va a ser justo y desmesurado. Apenas puedo controlar el temblor de la mano que esto escribe. Nadeo ya.

Había desembarcado a media tarde

Había desembarcado a media tarde en la casa. La mañana había sido toda para dar su charla: *Conciencia y decadencia*. No le importaba que sonase mal o que se basase en una idea pequeña y simple: en el momento que se impone la conciencia del creador ha comenzado la decadencia para ese arte. Habló sin demasiado ímpetu sobre Stevenson, sobre aquel librito de las dos mitades luchadoras por la voluntad del hombre, que había nacido de un sueño del escocés, que la primera versión disgustó a su Fanny y que la que escribió (según había leído no recordaba dónde) durante seis días y seis noches de cocaína. Había contado todo esto para luego dedicarse a argumentar cómo todavía aquí el deseo de decir era el verdadero escritor. Apuntó que Flaubert ya había dado señales de omnisapiencia, de sopesar todas las fuerzas, pero que aún (como probaba el librito de Stevenson) no era la conciencia la señora de la casa. Puso mucho ejemplos, pero quizás donde más se notó la idea que quería transmitir fue en el análisis de *Jules et Jim* de Truffaut. A él la película (y también la novela del personaje de Roché) le fascinaba, la admiraba hasta la feroz envidia, pero sabía que allí estaba el fin esbozado. Lo que era el cine hoy, una estupidez sólo ilimitada en lo estúpido. Y la literatura: un conjunto de falaces pantomimas, de premios para los más vacíos, de pataleos en el abismo (porque los pocos que en cada época siguen moldeando algo parecido al gran arte ya no podían salvar ni salvarse). Dijo para terminar que ya todo estaba hecho y que además no tenía ningún sentido hacer para el hombre de estos tiempos. Un hombre sin. Un hombre sordociego y flácido. Hubo protestas en la sala cuando acabó. Un señor de bufanda elegante le gritó que si él quería *que nos levantásemos la tapa de los sesos o qué*. Él respondió que hiciera lo que quisiese y que además a lo mejor en la autopsia se descubriría que no tenía seso alguno. Algunos aplausos de jóvenes. Él pensó que igual llevaban un libro que no alcanzaban a descifrar en el bolsillo de la chaqueta (¿Artaud?, ¿Heidegger?, bromeó para sí). Había llegado a casa a media tarde. Puso el último disco que le habían regalado y se quedó en la ventana viendo el adensamiento de los grises: las nubes hacia el mar, una niebla sedosa sobre la ciudad allá abajo sentada junto al puerto. Una bandada rítmica de pájaros hacía círculos sobre el pueblito. Al lado de su casa se oían los murmullos de un velorio. Intentó leer y no pudo. Pensó que tal vez alguien tocaba a la puerta para decirle que no se demorase, que le estaban esperando, que el ataúd era para él. Estuvo allí de pie todo el disco, que apenas escuchó. Viendo caer la noche sin dudas. Y dijo, muy bajito, casi con silencio dentro de cada sílaba: *una vaga inquietud...* como aquel antes de...

v.

Una línea

Un apólogo

Soy el perro de un abad. Vamos al bosque en la tarde. Cierto frescor, quizás frío pequeño de la tardenoche, y una brisa visible en los árboles. Frío bajo un hayedo, y soy un perro. Mi amo abad se sienta a no hacer nada. A pensar. Soy un perro. Me siento bien. Tengo este paisaje y lo agradezco. Es el paisaje en que me noto feliz. He entendido eso. Puedo decir con total confianza... Soy el perro del abad y créanme es éste mi paisaje exacto de bienestar. Tarde, no hacer, oler. Saber el olor de la hierba húmeda, de las bolas de hierba levantada, del humo de la hierba movida desde el amanecer. El olor de los árboles. El olor de los árboles que he soñado. El olor de los árboles que recuerdo. Olerlos hasta levantar la vista y verlos. Y ver a los pájaros. Los huelo desde aquí. Las ramas después de la lluvia. Las gotas colgadas como una fe de frutos, efímeros frutos en un árbol vacío. Sin hojas. Gotashojas. Es muy difícil atender a quien pretenda hacerme creer a mí, perro y mi abad aquí al lado descansa y parece estar bien, que existe algo fuera de esto. Otro estado mejor o peor que esto. De este grupo de ladridos del alma. Sé mi suerte. Pero no la valoro. Valorarla sería dar razones a quien quisiera convencerme de que existe algo fuera de esto. No considero posible tener este olor y este frío cómodo, bondadoso en pequeños cambios, minúsculos y perceptibles a un tiempo, todo esto y la sensación de compartir (olor y frío) con el no-amo que me escribe y del que no admito estar cerca... al que me doblego. Soy un perro. Tengo el paisaje que... ¿Nos vamos? Mi abad se levanta. Bosque. Bosque.

Soy el perro. El vasto perro de mis asuntos. El bosque para un perro. Y lo que se escribe. El olor y el frío. No existen fuera del perro. Pero el olor y el frío existieron. La ciudad en el cartón, en el seco del invierno. Ventanas sobre árboles. Calles de las afueras. Hierba amontonada. Soy el perro. Y miro a mi mujer, que no es una perra. Soy yo, el perro. Que no quiere que se alegren con mis cosas. Que se rían no es mi asunto. Todo que se reduce. Que es un vaso de agua. Transparente. El que escribe en la tormenta de un vaso de agua me hace invisible la transparencia. Y ni poética ni alimento ni salvación ni testimonio ni abismo ni rezo a la palabra ni verbo ni olor ni frío. El vaso de agua, la transparencia. Todo que se reduce a un veneno. En el vaso de agua de quien intente quitarle al perro que mire a su mujer. Está dormida. Es madrugada. Escribo y miro. Sólo el sonido es escribir ahora y la manta sobre el cuerpo. Brisa y escribir desde donde... mirando como a una voz, siendo más bien la sombra de una voz. Escribir el perro de una voz y no de un abad. Escritura con dolor y dicha y gotas y ojales, fondos, allá atrás, donde *éste* o *aquel*, es decir nada. Donde (aquí y allá sustantivo) en que somos pequeños, lluviosos artefactos, pero lluviosos artefactos del prodigio. ¿Qué hierba del mundo pudiera oler sin temor por mi vida, si pienso (o sea, si soy en el perro) que fuera de esto (bosque, bosque, mi mujer, hermosa, dormir contigo, bosque), mejor o peor que esto, yace algo?

(Fecha y firma)

El perro, el hayedo, lo pensado por cada estructura, el abad, cada gesto o cada nombre, cada raíz, mi mujer y el sueño, unos hollejos, escritura después de tormenta y fecha y firma, el otro estado otro, una luz puede que triste y puede que presencia y puede que tiempo de poema (novela de las venas y papelitos recetados por el último hombre de algún inicio). Todos, en sus impronunciables alfabetos, insinúan un fantasma hacia un título: *Hacia un apólogo de la verdad.*

El hombre espera

Estimado X:
Seré breve. Aún estoy débil. Te escribo desde la cama. Aquí te envío el libro de cuentos. Vale la pena publicarlo. Ésa es mi opinión. Pero temo que la consideres la opinión de un enfermo. Que la consideres opinión de la enfermedad. No es así. Es éste un buen libro, un libro que enseña a ser, y eso basta. Cuando lo leas sabrás que es el libro de un viejo y de un derrotado, de un triste en el borde. Que luce vulnerable y despeinado. Pero que lleva todo aquello a que podemos asomarnos como vivos. Es amarga venganza contra los que impidieron al escritor el asma de la plenitud. Desde mi cama, en el mismísimo «mal viaje» del delirio, veo ese desfile ansioso: veo esas historias frágiles y las veo en sus palabras justas, a ratos sequísimas y rectas, a ratos volátiles complejidades bien artesanales. Veo lo que, gracias a Dios, veré en la armonía de mi ser: esas historias frágiles. La historia del viejo que conversaba con las lilas del jardín viviendo desde la conciencia una vida microscópica, resbalando por un caos inferior tan sereno que produce la sombra de una verdad que el viejo traduce como el mundo de sus tardes. Esa historia sería suficiente canto para alejar del olvido a este libro. O la historia cruel y afantasmada sobre lo que piensan unos reflejos y un líquido en un salón algo sádico. Historias donde el lenguaje nunca es voluta, es el fogonazo de un sentido en las palabras. Historias de lo raído —destinos, familias, viajes, placeres del ánimo y del conocimiento—, historias con el claror del que se despide de verdad. Tratando de que los que permanecemos en la estación entendamos que, en estos tiempos, una voz como la suya es límite menos de la experiencia y más de la ética.

Que hoy no somos demasiado importantes en nuestro alcance de humanos y una voz como la suya ha muerto libre y empantanada a la vez. Que hasta hace poco una voz así también moría en la nieve (como aquel escritor suizo) y habría descrito en una de sus primeras novelas la muerte de un joven poeta. El protagonista lo encuentra muerto, recoge sus papeles y los deja en la puerta de una editorial, rogando que publicasen aquellos «Poemas de un joven que apareció congelado en un bosque de abetos» (ay, aquel escritor suizo). Este libro, este gesto conseguido gracias a serias pérdidas es un grupo de cuentos desprendidos, estas páginas del escritor que se muere y que tiene la voluntad póstumamente intacta para representar la caída, la solución al acertijo, el almacén lleno de métodos para los que se aproximen después —en esa esperanza—, estos cuentos para el atento y para el sabio (grado de costumbre atenta), este libro que aconsejo publicar. La fatiga dentro de la que escribo esta carta no impediría que lo defendiese hasta en lo improbable.

Agito una banderita y te saludo desde mi recuperación.

O.

Los días se esmeraban en perseguir un acontecimiento que justificase la espera. Recuerdo los días que pasé en aquella ciudad con una insoportable combinación de vacío inquieto y pregunta hueca. Esperé allí un invierno. Quedé en reunirme con un amigo para recibir los papeles de otro, muerto reciente. La historia tremenda (abundosa en alteraciones) de esos folios vendrá en otra ocasión. Ese libro, porque se trataba de las páginas de un libro de cuentos, con sus peripecias y poseedores, me hizo esperar en aquella ciudad durante un invierno. El amigo, el vivo, me pidió que aguardase en un hotel cercano al puerto. Cómodo, barato, *y apropiado para un escritor.* Él me entregaría el libro en cuanto lo recuperase. Lo había perdido en una estrambótica trampa que la viuda joven (y su séquito de lamemuslos) le había tendido. El dinero.

El viejo escritor, rendido como hombre, había alcanzado a garrapatear un puñado de narraciones tristes y rotundas, y había querido que llegasen a nuestras manos. Que no fuese su viuda la beneficiada de este final gesto de su mente. Dejó escrito que así se hiciese. Pero ella consiguió el libro. Mi amigo la nota. Y maquiavelaba para hacer una copia al menos. En aquella ciudad esperé por el libro un invierno. Bueno, dos meses. Enero y febrero. Esperé en aquel hotel, que el primer día juzgué agradable. La zona del puerto de esta ciudad es también la parte que permanece de lo viejo, de lo inicial. No el puerto ni su bullicio. Ni las lonjas. Sino la franja de casonas separadas del puerto por la avenida amplia (muy ancha) y arbolada. A esa franja se le sigue llamando *Barrio del puerto*. Son las viejas casas de la ciudad frente al puerto, mirando serenamente lo que se va y lo que viene. Habitantes de todos los rincones yacen allí respirando o fumando su melancolía frente a un puerto y a un infinito líquido de nombre breve. En dos partes se dividía la franja. La más cercana a la avenida arbolada: casitas chatas y descoloridas. La otra parte: quizás por más alejada del mar, casas coquetas y altisonantes. El hotel ocupaba la esquina de un parque en la casi evidente frontera entre las dos formas del barrio. Era un edificio recio de dos plantas. Desde la calle no se notaba el espacio considerable que el hotel ostentaba en la manzana. Allí, en la habitación 34, esperé, día tras día, recibiendo esperanzas a trocitos, dudando con cierta aprensión (con cierta intuición de que en aquella ciudad iba a morir o algo por el estilo, practicando la paciencia de mirar por mi ventana). Y mi ventana daba al parque. A un parque con rincones de sombra y sitios para pronunciar el mal en la cautela nocturna. Y mi ventana daba a unas casas moribundas. Una calle en la que resistían viejas familias encaprichadas en terminar sus fábulas aquí. El profesor que venía en las tardes al parque con su tomo de Polibio. La nítida sensación de que el frío marino del invierno significaba en estos rostros una canción que traía una especial digestión del Tiempo, al que sabían superior a sus tiempos, a sus voluntades. La calle de los viejos. Y algunas fachadas en pie, dentro hierba y minúsculos pedazos con los que el Dios Narrador podría pegar y armar el complejo tránsito de quienes vivieron allí. Cada día de mi espera, la ventana me dejaba espiar cómo se reunía un grupito de viejos. Se sentaban en las ruinas, entre las hierbas. Conversaban. No jugaban a las cartas. No apostaban. Hablaban en aspavientos secos, como si fuesen a oír los aspavientos más que a verlos. Los veía desde mi ventana y pude imaginar conspiraciones con exacto objetivo. Sectas de prodigiosa oscuridad en su alma. Viejos y ruinas de la venganza. Mi ventana era removida por el viento, por un viento que era mar, mar que vuela, que se divide y es ala y es gota y vuela. Viento en aquella ciudad. Mojaba el viento. Así, el primer día, pocas horas desde mi llegada, encontré a la 34 salpicada y salitrosa. Dejé la ventana abierta para diluir hasta la nada todo olor nacido allí antes de mí. Marcaba un territorio que naciese conmigo. Y me fui a la calle a comprar lo que necesitase para no salir de mi habitación, para esperar sin más. No me interesaba pasear. Tenía mi ventana. Y mi ventana daba a todo el barrio y al mar. Y yo salía a encontrar (a dejar memorizados los sitios que frecuentaría en los días a que la espera me obligase): un café para escribir y beber en la tarde, cuando no soportase el hotel y la ventana, sin especial agobio de gentes apestosas o estúpidamente ricas. Comprar un buen trozo de queso. Una botella de vino. Muchas galletas saladas (duran más que el pan). Unas mandarinas para la ansiedad. Sabía que con queso y vino y mandarinas resistiría en cualquier ciudad. Tabaco para mi pipa. Compré también un cuaderno y un par de bolígrafos. Después de una aventurilla en una enrevesada cuartería que atravesé sin querer (algarabía de tabiques inverosímiles para dividir lo ya ínfimo, casona cortada hasta ser un gigantesco ojo de mosca) donde un ronco personaje me ofreció un par de drogas milenarias y cuatro o cinco de laboratorio, después de un recorrido por esta franja que ya era el escenario de mi espera, regresé cargado y casi feliz por saber de qué me iba a defender en los siguientes días. Y la ventana estaba abierta, salpicado, bien salado todo, como si una desesperación hubiese estornudado sobre la habitación 34. La que ocuparía el que tras el instante del café se hizo todo espera. Y eso ocurrió el día, invierno y ciudad en mano, en que demasiado sometido a la tarde como me encontraba, demasiado vacío y torpe, me decidí a desembarcar en el café que antes juzgué camarada y armonía. Uno de los requisitos para que se convirtiese en mi segunda residencia en aquella ciudad sería la distancia: no debería estar muy lejos del hotel. Ratico bien aprovechado en la atención. Atravesé el parque. Había poca gente. El profesor y Polibio. Efímeros habitantes de entre los árboles. Pasaban, se sentaban un poco y desaparecían. Iba yo lentamente. Revisaba las cositas que mi paso removía en el manto podrido de las hojas. Papeles. Envoltorios. Descansadas, raídas causas abandonadas. Claves que hubieran cambiado de rostro a algunas soluciones. Miraba a las circunstancias de mi paso. Cruzaba el parque y llegaba a una calle comercial (ya había averiguado que me sacaba del barrio al final de sí misma). La tomé, mirando a un lado y otro. Observando a las gentes, antropomorfas por cierto, que gastaban sus suelas y sus pieles y sus talentos ocultos en la ciudad que a mí me convirtió en espera. Gentes, gentes. Sin más. Como en cualquier ciudad. Sus ritmos, alérgicos a cualquier pensamiento, a la dicha honda, me resultaban inicuas coreografías. Como al primer gesto que va a desencadenar una sucesión de actos difíciles. Así tememos a los que caminan, sólidos, por su ciudad mientras uno es la primera vez de un irremediable ánimo (destapado y vertido por la insignificancia). El café estaba en la calle siguiente a la librería en la que me detuve a revisar lo que allí leían o querían vender. Pregunté por un libro del viejo escritor. Sólo para que se produjera un diálogo. Para hablar. Luego me fui, sin adiós ni hasta luego. Seguí la calle: el café. *Café de Dos Auroras.* Entré sin catar las miradas que suelen posarse sobre el que llega. No suelo enfrentarlas. Miro a un espacio impreciso. No exactamente un rincón. Sino a una nubosidad de detalles, out of focus, láminas difusas en que vas aposentando tu ser en las llegadas. Llegas y aprendes a llegar, a paladear, a convivir y a morir. Llegas y te adaptas a lo que ves y lo piensas y luego te levantas y llegas a otro sitio. Mis métodos se me hacen nítidos en ciudades en que espero. Quisiera que esto último fuese verdad, pero sólo es esperanza de verdad. Y la vista de nadie y de nube que poseo se hace exacta, elegante. Me lleva hasta el rincón, en el fondo derecho del café. Es un rectángulo y yo elijo ese fondo donde los espejos comienzan a enmohecer, como si les agobiase un distinguido sarpullido. Como grietas en su función de abismo. Pido un café con leche y un vaso de agua al camarero cejijunto al que también interrogo:

—¿Por qué se llama así el café?

Silencio y ganas de silencio crudo.

—Creo que así se llamaban la mujer y la amante del que lo fundó.

Silencio y media vuelta. Desaparición del camarero. Me quedo dándole vueltas al asunto. Hasta siendo una risa fisiológica. Imagino que el fundador era viudo. Al solucionar el equívoco, el escandalillo, la causa de la intemperie mental a la que salió mi risa, paso a otras veredas que las aventuras cafetiles alzaban ante mí. Una muchacha, piernas cruzadas y algo del convencimiento de quien aspira a la fatalidad y sólo alcanza la fetalidad. Nos miramos. Tenía un buen cuerpo. Que rápido paseó hacia el baño. Nos miramos su cuerpo y yo. Me pareció gesto bobalicón (es decir, adecuado) sacar mi cuaderno y escribir algo. Quizás imaginar una novela en diez cuartillas en que un escéptico (contradictorio porque espera, no investiga, sólo espera) que encuentra en otra ciudad a una mujer que adivina su espera, una a una las sustancias de su espera. ¿Cuál es el estadio en que lo que recibe del mundo y lo que no soporta se convierten en uno y uno participa como el fantasma de sí mismo en múltiples proyectos sombríos? Anoto la idea y cierta risita vuelve. Y ella vuelve del baño, mira y es posible lo que había imaginado para mi novela breve. Pienso en aquel fondo temeroso de café que al llegar a cualquier lugar en que, mínimamente somos, también somos para alguien. No que alguien desee ser violado por el que llega. Alguien espera a quien comienza a esperar. Alguien (quizás esta muchacha) sabe que el que llega es el destinado a destronar, a acabar con lo que está siesteando. Ella quizás sepa, pero quiere también ser dulcemente violada. Un par de ideas para ese adivinado protagonista. Tiene que ser una novelita en que lo breve no quite lo denso. La densidad, la libertad que el detalle revela, la que nos envía a todo un ser en palabras. Atmósfera de separación. De distancia entre la posibilidad y la necesidad de que el espacio importe. Sólo el doloroso tiempo en nuestras bocas, en el rostro ansioso de ella (de contornos sabrosos pero adivinadores de mi desdicha y mi espera), en aquel bigote mojado del viejo en la barra tras la que hay ruidos que me molestan. Tiempo con espacio. Café con leche. Vaso con agua. Yo escribo hilachas de mi ardua espera de no sé qué Dios. En el *Café Dos Auroras*. Anciano café con la decadencia amplia y sin embargo grácil de esos sitios en que toda la estupidez que los roza no derrota a uno que, en palabras, salvó a la Vía Láctea. Porque, decía a mi cuaderno, si puedo morir en esta ciudad también es posible que la esté salvando gracias a que en ella fulgura la intención de adivinarla y yo no estoy sentado en este fondo sino en la adivinación, en una planicie con garzas que sueñan mi viejo sueño que ya fue soñado por Polibio. Pocos en el café. Los espejos nos convierten en muchos. En una multitud silenciosa que se da cuenta y se representa. En los espejos y pálidamente en mi cuaderno. Aquellos días, cuando todavía percibía mi tristeza, los contornos de todo lo que me rodeaba, las voces, la ingenuidad teórica de los que pasan delante del *Café Dos Auroras*, lo natural de mi espera. Que se vistió, poco a poco, del temblor de un todo infernal. Mi habitación 34. Desde allí las ráfagas de ciudad manchada de mar, sus olores en mi ventana. Ella, que es la boca de la espera, cruzando conmigo semanas más tarde el puente que significó mi condena. Los encuentros que nos rompen en invierno ajeno, las claves que nadan en conversaciones interrumpidas (o en las sensaciones que, llenos de ganas, callamos). Salitre en los rostros de los que me vieron ascender hasta la condición de espera. El vino y los pliegues de polvo son luces que me despiertan de lo rotundamente cierto. Y me comporto como espera. Escribí en aquel café: un hombre que llega a ser una espera, que sirve a ese tiempo, que se alberga en ese espacio. Una espera que es una ciudad, una mujer, el diario de una mañana, los cuentos de un viejo, los granos de azúcar (uno a uno) que se murieron para ser distintos en el café con leche.

Tras el acontecimiento en que se esmeraban los días y todos, antagonistas o deslumbres peligrosos, ella o yo, el paso a paso o lo fluido de la devastación inundando, tras todo eso la franja fue panal y laberinto, prisión de invierno hasta que llegó el libro. Y él y mi amigo viviente me sacaron de allí. ¿Tarde? ¿Lado de allá? ¿Cáscaras del delirio o de qué? Ciudad en invierno. Enero y febrero. He quedado en la estricta debilidad. Extenuado e irreal. En la cama o marisma. Mi alma del color de la plata.

Una línea

La tarde pasaba por cada rendija del cuarto, avisaba del otoño próximo y de que había que estar alerta.

―

El pintor, quizás por esa capacidad del viento de vestirnos de vida, abandonó el trazo. Limpió sus manos. Y salió a la calle.

―

Estoy tan vacío de ideas, en mi vida suceden tan pocas cosas. No me siento especialmente triste ni alegre. Permanezco. Tal vez la calle… algún rostro, un vestido o ese camino desde el que se puede contemplar el valle. Sí, ese camino a esta hora.
Pensó.

―

Y sus pasos, las manos descansaban atrás, iban sabios. Es decir, lentos. Como si no se dirigieran a ningún sitio. O como si todo radicase en un paso detrás de otro. Como si todo el sentido de caminar fuese el movimiento. Saludó al viejo funcionario que regresaba de su habitual paseo por los bordes del pueblo. Cruzaron las palabras justas y no sucedió ninguna sonrisa.

―

Cuando terminan las calles y el camino comienza a ser la memoria de tantas pisadas. Ahí, justamente ahí comenzaba a sentir algo de placer. Ya no transitaba por donde la vida del pueblo dura. El sendero pertenecía ahora a quienes habían pisoteado las hierbas hasta hacerlas desaparecer. El sendero era tantas tardes de paseo y soledad o aislamiento necesario para los jóvenes amantes.

―

Desde que había regresado a su pueblo, el pintor no lo había recorrido. Descubría la interesante línea que constituía el cuerpo del camino. Y la sorprendente curva en que la vegetación casi lo llegaba a techar. Y después la recompensa.

—

Había llegado al sitio desde donde el valle quedaba ante él.

—

Respiró la sensación de lo inaccesible. Lo cercano y a un tiempo lejano. La pulcritud del valle, la que deseaba para su arte.

—

No le había aportado ningún tema o forma la caminata, pero lo cierto es que se notaba más animado. Las palabras acertadas serían: más aliviado.

—

—¿Disfruta?

—

Desde un recodo una voz firme y flexible, la voz de un junco le atravesó.
—Pensé que estaba solo.

—

Si se paladean bien ciertas frases permiten hacer otros gestos. Pensar. Mirar.

—

Ella vestía de una forma algo desaforada. Sus ropas relataban la cercanía de unas flores y sus tallos. Florecillas mínimas y vulgares, pero con tanto primor colocadas. Y esos tallos. Lascivos. Desplazándose por su cuerpo. No era de mal gusto el conjunto.
Simplemente inquietaba.

—

Como todo lo que incluya las bajas y rotundas pasiones del hombre. Como esos dibujos suyos en que un arbolillo frente a una ventana regalaba una noche de pasión prohibida.

—Sí, disfruto.
—Este lugar permite que la mirada vaya lejos.
—¿Podría dibujarle?

Silencio

—Alguien mencionó que al pueblo había regresado un pintor, que había fracasado en la ciudad y que venía a recuperarse de la humillación sufrida.
—Yo soy un pintor que ha regresado a su pueblo. Pero no quiero recuperarme de nada. Quien pinta sólo lo que desea no debe interesarse por los demás.
—La ciudad le maltrató.
—Sigo aquí, mirando este valle. Es suficiente.

La luz, como ocurre en sus finales, se retiraba con determinada violencia.
—Mañana, en la mañana. ¿Le parece bien? Sé dónde vive.
—De acuerdo. Le espero.
Y desapareció. La curva casi techada la envolvió. Él se quedó con su valle y con una mirada estúpida, con la idea de que cada minucia del mundo tenía significado. Y de que él, un mísero pintor de escenas castas, de antecedentes velados de la cópula, podría descifrarlo con su pulso.

Tantos cuentos que bajo la luna se cuentan desde que el hombre puede contar, refieren que el amante duerme mal o no duerme la noche del hallazgo.

Recordó a aquel único amigo de su juventud que conservaba. Aquel ser simple que la vida en el pueblo había conseguido tarar o conservar en el paso ininterrumpido de estaciones y desidias. Aquel amigo le había hablado de una ramera, de una forastera que dilapidaba unos meses en el pueblo y que había enloquecido a todos. Hablaba maravillas de sus artes. Que era capaz de las más sublimes obscenidades, que sólo estaría aquí hasta que se olvidaran los escándalos que en cierta ciudad provocó. Que era una mujer endemoniadamente grácil. Que sus ojos (y eso el pintor que apenas la había observado, podía firmarlo) transmitían abismo o sabiduría según quien se mirase en ellos.

—

Cuando se abrió la mañana, el cansancio le había vencido. Poco a poco fue aceptando la claridad y la extensión de la noche anterior. Sí, trataba de saber qué había pasado en esas horas, qué había pensado, posiciones de su cuerpo, si había soñado en el rato (casi al alba) en que cayó dormido.

—

El atontamiento de irnos colocando en la radiante planicie de la mañana. El proceso en que vamos siendo cada vez más mañana y la piel de la mañana es cada vez más normal.

—

Prefirió ponerse una ropa cómoda, algo con lo que se sintiera a gusto pintando. Ajustó la seda. Agradeció tener que prepararse apresuradamente. Las pausas o los momentos de pensar aumentarían su desasosiego. Las esperas le atormentaban. Sólo cuando niño se recordaba pleno esperando a que dejase de llover. Sólo aquellas esperas. Como si en aquellas esperas estuviese inmune a cualquier tragedia.

—

—No parece la casa de alguien que regresa derrotado.
Dijo ella después del saludo seco.
—Aquí me siento bien. Ahora que esta casa es sólo para mí puedo disponer de espacio. Me gustan los rincones vacíos.

—¿No será que tiene pocas cosas?
—Es cierto que tengo poco. Y además... he pintado poco en los últimos tiempos, pero también que me gustan los rincones vacíos.
—Seguro que sabe quién soy.
—Sólo sé que quiero dibujarle.
—Seguro que le habrán contado varias estupideces acerca de mí.
—Tengo muy pocos conocidos en este pueblo. Me fui demasiado pronto y quizás haya regresado... demasiado tarde.
—Sabe al menos que doy placer a los hombres del pueblo. Eso es importante.
—Sí.

—

Le pidió que se abriera las ropas. Sus vestidos, de muchacha dulce y sospechosa de saber lo que se entierra, se deslizaron cariciosos por sus hombros. La piel. Ella no dejó de mirarle a los ojos durante aquellos gestos.

—

Le pidió que se colocara frente a la luz. De espaldas a él.

—

Apenas podía su tinta desplazarse sobre la seda. Era tan hermosa. Tenía todo lo deseado, pero también esas maneras de ciertas mujeres de no hacerlo evidente.

Conciencia de lo que pueden conseguir. Razón para prescindir de ese poder mientras dure su roce con algún mortal.

Los pocos cuadros que conservaba eran los que menos habían gustado. Eran escenas o paisajes eróticos. Más insinuantes que descriptivos. Una figura difusa perdiéndose en un valle de formas acechantes, una luz que sugería la mezcla de cuerpos tras una cortina. Sus cuadros eran velos.

—

Frente a aquel deseo hecho verdad, qué dibujar. No tenía ninguna idea al comenzar. Temblaba. También se veía dichoso. Dulcemente extraviado.

—

Y pintó. Casi que escribió: una línea graciosa y recia que igual podría ser ella que un fantasma bufón que un muerto. Algo indefinido pero perfecto frente a otras líneas que tal vez armaban unas puertas y luz.

—

–He terminado.
Estaba satisfecho. Acaso a nadie le gustaría, pero aquel velo era todo cuanto sabía hacer.
–Me gusta.
A su lado. Miraba la seda.
–Sí, me gusta.
–Es una mujer muy hermosa.
–¿Me desea?
–Quisiera que viniera otra vez.
–Tiene algo que me gusta: la paciencia ante el desastre, en eso somos iguales. Es como algo que poseemos y que sabemos que nos acompañará por encima de todo el bien y el mal que nos quieran imponer…
Permanecía mirando su boca
…pero esa paciencia está muy cerca de una vulnerabilidad absoluta, de una cobardía en el peor sitio: en el brazo del guerrero, del que puede y debe acabar con sus enemigos.
–Sí, tengo muchos terrores, uno de ellos es la palabra. Soy pintor y su cuerpo en la seda ha tomado la forma de una palabra… mire… es una palabra soñada.
–No soy un sueño. Puede tocarme.
A su lado.
Silencio.

—Esta seda también se puede tocar.
Recogió sus ropas.
—¿Regresará?
Silencio.

—

Si se repiten varios días con la misma obsesión, si los días se entercan en colocarnos el mismo manto: la pertinaz sensación de lo perdido. Si los días suceden así, la vida se hace, francamente, insoportable.

—

El pintor esperó un día y otro día y otro día. Esperó.

—

Arribó a una costa de miserable desesperanza en que hacía su jornada con los recuerdos de aquella mañana. Revisaba cada textura, cada zona del encuentro. Intentó pintar su recuerdo, pero cada vez la seda en que quedó ella (la línea frente a la luz) le agredía desde una esquinita. Le repetía que sólo podría salir de aquella mañana algo así.
Que el recuerdo es el arte de que perdure y cambie la belleza, pero que la belleza frente a la luz no regresaba.

—

Encima de la desesperanza de poder trazarla otra vez, crecía la angustia de verla a su lado y no haber dicho las mayores idioteces, decir: *basta de errar, quedémonos juntos*.
Y acariciarla. Recorrerla con tal lentitud que el tiempo se anulara en la caricia y que permanecer fuese acariciarla.

—

En esas condiciones todo lo que has sufrido, aquello cuya presencia te cambió de algún modo, se hace escarpado.
Todo ha sido derrota hasta hoy.
Se piensa.

—

El llanto o la muerte nos parecen ínfimos.

—

Revisamos las salidas y terminan por convertirse en trampas. Ni siquiera los gestos nos acompañan. Podemos salir a la calle y todo radica en que nuestro dolor (y no nosotros, dóciles vasallos) necesita intemperie ahora.

—

Caminaba por el pueblo con destreza difunta. La destreza de esquivar a todos, de pasar por tantos posibles roces y que sólo el desdén guíe y haga desembarcar en la nada, pero intactos y devastados.

—

Caminaba por el pueblo. Podría decirse que lo atravesaba, que el pueblo era un nebuloso estado que a él no le interesaba y lo atravesaba como si detrás se encontrara el lugar en que sobrevivir a todas las posibilidades.

—

Encontró a un hombre que siempre le saludaba. Venía cargado de frutas. Le preguntó sin detener a las palabras en su primer impulso, en su naturalidad. Le preguntó si la conocía. El hombre contestó con pocas palabras y una mirada de compasión.
Vio en el rostro del pintor una pena difícil de entender y más difícil de soportar. Si algo tenía claro, al acomodar su carga y seguir, era que el pintor no buscaba lo que los otros, lo que él mismo.

—

Al llegar a la polvosa entrada se notaba nervioso. No la imaginó allá dentro. Aquellas paredes descuidadas no podían albergar a una mujer así. Por fin ante su puerta. Estaba abierta. Dio dos golpes torpes.

—

–Está abierta.
Silencio.

Se miraron.
Ella regresó la vista a un rincón.
—¿Quiere algo?

En aquella casa ella tenía poder.
Una ruina la fachada, pero dentro todo estaba impecable. Demasiado limpio todo, quizás constantemente limpiaba.

Fue entonces cuando lo encontró. Un cuadro que él había pintado en la ciudad: unas sombras (signos) entre unos árboles. El bosque impedía toda precisión.

—Vendió pocos cuadros.
—Ése casi ni lo recordaba. ¿Le gusta?
—Me alivia. Esos dos seres se acompañan en medio del bosque y de la noche.
—Quería verle.

—Está cansado y sucio. Le limpiaré. Dormirá a mi lado. Ésta será nuestra noche, el verano acabará pronto.

El pintor, después de tantas horas terribles, no supo si tenerla ahora sería una eternidad o si el fin del verano iba a suceder con tal aspereza que ella lo que hacía era atenuarlo con sus palabras también ásperas.
Sabiendo que su gesto era ínfimo, como el vencido más ridículo, cayó arrodillado y lloró.
Soledad.

VI.

Dos historias y un sermón

Historia del disco maldito

Cada vez que lo pongo pasa algo. Algo inesperado o grotesco, más bien difícil de soportar. Es un disco que aprecio. No lo escondo. No lo coloco en la parte de atrás. Lo tengo a mano. Entre los discos que escucho a menudo yace este ejemplar hechizado. Y además yace entre ese grupito que suelo barajar entre las primeras opciones del sábado en la mañana. Bien sabe Dios que valoro las mañanas en sábado. Pues el maldito asoma entre el grupo de los notables que me gusta escuchar ampliamente, a lo largo y ancho de la mañana de los sábados. Y siempre que lo pongo pasa algo. Es un disco del 63. Cuando los Taxies hacían niñerías aún y Bauer avanzaba hacia una mística ininteligible, el buen hombre de Elliot Ranzoski, polaco que huyó siempre, se encerraba en un estudio con tres negros violentos. Gil Trixx, Dement Cole y el tan violento como altamente triste Ticus Pleasant. Esos cuatro suenan muy bien. Ranzoski toca el piano y aporta 3 de las 5 piezas. Es un disco suyo como líder, pero se esconde detrás del Tennis Club Quartet, un gracioso injerto del piano europeo, exiliado y de invierno con el caluroso blues de la guitarra del abandonado de Ticus Pleasant y el definitivo callejonismo, nana feroz de suburbio, ganas de vivir en un sótano primero y luego ser pensado por aquella dama, parafraseo como escolástica. Esos son Gil Trixx al saxo y Dement Cole a la batería. Es un disco que aprecio y que cada vez que lo pongo sucede un acontecimiento digno de la más oscura trama de misterio. Tampoco exageremos. Se trata de que el disco ha provocado desapariciones de pequeños objetos (cajitas, postales), ha distanciado a mis amantes, la rubia y la tuerta, la que detesta el free jazz y la especialista en Lem, enferma del mal de ojo malo. Las ha distanciado entre sí, ellas que han compartido lecho y lechón, un servidor. A ver, ¿qué más? Pues, ha resquebrajado el librero que incrusté al lado del inodoro. La verdad que sólo van libros en este último lugar porque no hay más espacio. En el baño pongo ediciones detestables, cuentos policíacos que pueden ser meados. Secos ya, se pueden leer de un tirón mientras cagas. Un viejo cuento de asustar en la parroquia. Mi única destreza en el mundo es asistir al dilema, al jardín y al invernadero, a lo que piensan los cadáveres desde la colina. Ha resquebrajado pared y librero el puñetero disco de Ranzoski. Esa elegíaca sucesión de puertos, pensiones, de pañuelos. Esa voluntad desesperada de Pleasant de emitir un lamento seguido de una exaltación y otra vez un lamento y todo sucesivo y armónico en el oído acostumbrado a que te salve por separado el jazz y el blues. Cuando pongo ese disco sé que inicio un ligero holocausto. Lo he asumido y a veces lo hago adrede. Me provoco escuchando mientras la casa vuela, el incienso quema a una velocidad que ni soplado, las luces centellean con acompasamiento. Un poltergeist en toda regla y si permanezco, si oigo una a una las piezas (*Some winters, Presences after dinner, To the wild and back, Disciplines, Julia No 1000*) temo por las posibles heridas o pérdidas que inflija el soberbio disco. Me he adentrado en la historia de la grabación, he leído sobre cómo. Una semana, considerable tiempo en esa época. O algo solía salir mal o se lo pasaron en grande. Yo apuesto porque ocurrió lo segundo. Cinco noches y dos célebres borracheras, dos francachelas de donde salió la pieza final. *Julia No 1000*, que aseguraba el polaco que era la canción milésima para una fugaz dama que encontró en un tren belga. Menciona Douglas Ortiz-Owen en las notas que salieron con el disco, que Ranzoski celebraba su canción mil –él aseguraba que más, una docena más de mil– y rellenaba su copa de vino. Y en ese estado escribió una dolorosísima pieza. Casi duelen sus apariciones de tan tímidas y qué intensas, qué difíciles, qué vivas en su ir de pena por el resto de la vida después de la dama del tren. Antes, en *Some winters* abrió con la nieve del exilio, de lo que se ve desde un barco llegando a un puerto, en invierno todo. Ir a parar a no sé dónde sin saber más que hace frío y estamos tan cansados. La composición quiere ser popular, tocada para pocos una noche en que queremos contar lo más importante que nos ha sucedido desde la última vez que se vieron los amigos. Habla quizás de esos inviernos excepcionales en que logramos armar unas piezas que normalmente no encajaban y entonces sí y queremos hacer esto y aquello y enmendarnos en esto y dejar solucionado esto otro. No es que sea un entusiasmo, sino una conciencia de que hemos vivido lo suficiente como para saber lo intuido e intuir lo desconocido. *Some winters* dice que hay años terribles en que lo perdemos todo y hasta nos morimos y algunos inviernos recordamos los árboles del patio, aquel trapo astroso con el que se retiraba el cazuelón, el tiempo que iba entre una orden tierna y que nos dispusiésemos a cumplirla. Recordamos todo eso, pero no nos hunde el saber quiénes somos ahora después de que la casita ardió hace años y ya nos queda sólo inventarnos el próximo recoveco del camino, incluso una voz que nos haga entender por qué haremos lo que haremos. Ranzoski quiere que sepamos distinguir los inviernos. *Presences after dinner* es un tema de Pleasant y cuenta la leyenda, que sugerido por Dement: que recordó al guitarrista aquella temporada en New York en que vivían en el mismo edificio y cenaban juntos y luego tocaban y se drogaban y tocaban mejor y se drogaban y entonces alguno tarareaba otra vieja tonada, tal vez de Greatname Louis (aquel que acabó congelado en un vagón en una vía muerta), y tocaban otra vez y mejor aún. Ranzoski cede a la tristeza del negro sabio y le comenta que donde él nació también se aprecian esas noches parlanchinas (ah, su hermana, Clarissa, hablando y hablando mientras mira por la ventana helada). Se trata de una conversación entre colegas, una charla sobre los fantasmas, la irrealidad, la soledad, el dolor de que lo incontrolable sea música al fin y al cabo. El errabundo bluesero que fue Pleasant intenta contarnos una a una las presencias que entrevió. Pero las anota al regreso, cuando está algo más sobrio. Anota la estampa de un viejo tras un cristal, que se asoma a despedirse del coche que ha vendido, de una noche en que no hay muchos elementos para decir que la vida sea buena, de aquella que aún le duele tanto que cada acorde es una forma de recuperarla, que cada acorde surge por eso y nada más que por eso. ¿Acaso no se hace arte para decir qué es nuestro centro? Pleasant es un artista, un gigante adolorido. Unas ganas de atravesar lo peor cueste lo que cueste. Y Dement toca como si su amigo se muriese, como si doliera que la comprensión no fuese alivio. Espanto de ver cómo los fantasmas dicen un aquí estoy y ya no hay seguridad de que lleguemos todos a mañana. Pleasant comenta de aquel, hoy un fantasma más, al que le oyó por vez primera la palabra ukelele, de su abuela antillana que dormía a los nietos de varias edades con el mismo cuento (una historia casi susurrada de un ahogado que regresaba a beber con los hombres en el portal alguna puesta de sol. Ranzoski cede a la tristeza del negro sabio. Cede en la segunda y también en la tercera, en *To the wild and back*. Un canto natural, africano, de amanecer entre pájaros. Es como correr a través de la maleza, que es cambiante, inesperada, guerrilla. Ir atravesando la maleza y regresar a la espuma después de la espesura. O quizás la primera vez en que se siente el otoño después de un verano entre los pictos. La vida se dispone a celebrarse, a abandonarse a la carrera, a darse con un cántico en el pecho. Estamos ante la alegría de ciertos ratos veloces. Ante la verdad, ante la red hecha de voluntad y de ranas venenosas. Es tema para celebrar con tambores, es fiesta de los que traen noticias después del viaje más arduo. Debe escucharse alto para que se atrape lo enrevesado de pasar una prueba y luego recomenzar como si fuésemos los príncipes herederos y recibiéramos como garantía de iniciación la incertidumbre, el momento, el querer estar allí y no aquí, la desconfianza hacia el amor que nos abandonó porque sí (para preparar más a gusto un risotto) y frente al que somos niños siempre. Es canto para que nos aclaremos que nos estamos yendo, que nos derretimos y es recomendable atravesar con compostura risueña la maleza de la constatación, ese instante de victoria bífida, porque no hay más nada. Trixx, siempre suave e intrincado, decide colocar sus materias de calle en la que se lee lo que los periódicos traen mientras el viento los arrastra y duran los acontecimientos lo que los obstaculicemos en su paso por nuestro barrio. Y trabarlos e impedirles seguir es labor para un saxo en la madrugada. Ranzoski propone a Trixx que hable de sus disciplinas en la alta madrugada, su tiempo de concentración y el polaco le insiste que él pone la mesa, que no es demasiado estúpida la imagen de un mantel sonoro. Coloca la mesa, el mantel y los cubiertos dispuestos. Que lleguen los comensales. Y llega Trixx y se pone a hablar de la mente tranquila de la noche. Ranzoski le sigue y le sustituye en su labor de contador de lenguajes que nos han habitado. Dice que él empezó la tonada, que hablan de lo mismo los cuatro, que cierto rigor en la actividad, que se puede desvariar pero se juntan para contarse que cada uno es bueno en lo suyo venga de donde venga y eso debe entenderse en lo que hacen y debe ser evidente en lo que hacen. Suena bien *Disciplines*. A ejercicio de arquitecto-detective, a saber hacer las cosas y además adornarse con un estilo. Me gusta este disco. Porque provoque lo que provoque yo voy con él atravesando distintos tipos de bosque. Un bosque inocente, un bosque en que cuesta avanzar. Un bosque encantado en sí mismo. Un bosque en el alma. Un bosque animal que se acongoja y salta cada vez con menos brío, pero salta más ahora que antes (de verdad, es así). Bosque inocente y bosque iniciado, dependiendo de las horas y la luz. Lo que se le pide a los discos que queremos oír a menudo. Pero no debo dejar de recordarme las consecuencias de este acto entre mis actos. Poner el disco no significa nada de lo anterior. No significa decir un disco que acaba con *Julia No 1000*. Y decir que Julia y su milésima vez no es lo real absoluto es decir blasfemia torpe. Y eso sí que no. Sí que no debo decir semejante grosería. Julia en su milésima vez (o la 1012) es tristeza de haber penado muchas noches por el amor dolidamente perdido y haber bebido más y haber quedado inerte de ese dolor que alienta a lo más ponzoñoso vivo en el aire. Y todo por ella, por Julia una y mil veces. Entiendo cada noche (en el caso de Ranzoski desesperado asunto, un amor hallado y extraviado en un tren belga), entiendo cada agua de la entrenoche que se oye correr cuando nos decimos más cosas feas y añoramos más a Julia, mi Julita entre todas las flores. Eso nos dice Ranzoski y Pleasant que él sabe de eso y se hunde en punteos casi sólo para sí y Dement vacila si decir una última ráfaga para no molestar al que por fin ha caído en el sueño (aunque descanse poco). Repite que a él le va bien con las hierbas de aromas sátiros (pero persistentes en la conciencia) que igual nos acercó en su carrito voceador un chino viejo. Trixx menciona casi al final que ya sabemos que el trance es difícil y puede costarnos la cabeza, esta oscura cabeza negadora y borradora, que ya sabemos que hay que aguantar el trance y morder el cordobán y ya y que para eso él recomienda las hierbas del chino. Y todo eso a Ranzoski no es que le ayude a quitar el dolor de su Julia, que es la mía no más. No disminuye ni un ápice pero se siente acompañado y una noche se le descarga a la sesión aromática en casa de Trixx y otra a comer comida antillana y a contarse nombres de barcos y otra más de esta misma semana a misas en que se canta hasta alegrarse de cualquier manera, con la expansión alveolar al menos. Que Julia desapareció en un vagón comedor y horripilantemente se casó y se cansó. O que me espera así como la vi venir hacia mí para dormir juntos para siempre, cada siempre en sus brazos. Porque este disco no sólo provoca su pensamiento, que es grato y complejo, posee riesgo y templanza y actúa con justicia hacia sus historias y hacia el buen oficio. No, el disco hace aparecer considerables temblores, continuos paisajes de conjuros, vidas ensimismadas, bestiarios, carreras de miedos entrenados por un único amo descontrolado ya. El disco dentro de la casa puede llevar muy lejos el desastre, puede acabar con una familia fofa, con unos gorditos novatos. Puede entusiasmar de repente, cuando Dement principia todo con una insistencia, con un lento redoble repetitivo que da paso a la meditación y al juicio final. Debo anotar que cada vez suceden peores reacciones. Que si la primera hizo desaparecer una pequeña protección, ahora, en este momento, de hacerlo sonar daría inicio a la más espeluznante travesía. Porque temo que no mueva los objetos o los envíe bajo el armario o los haga desaparecer dentro de sí mismos, sino que ya avanzadas las consecuencias sobre los humanos, pues nos puede ocurrir cualquier desgracia. Que mis amantes sean tragadas para no verlas más por esta ciudad de más de un millón de carnívoros. Que yo me encariñe de manera crónica con mi locura, que maldiga a las furias y las reciba en casa, que cambien de sitio y contenido mis escondrijos favoritos, que no controle lo que veo ni consiga detener el caos volatinero del salón, que crea (no porque me lo diga *Disciplines*) que todo es triste y con alas de insecto. El disco activa este mundito que crece. Adulta decisión peligrosa es ponerlo.

Historia de las pelusas

Cuando uno no tiene a dónde regresar, cuando uno se ha ido por asco y dictador mediante del lugar en que nació, cuando la vida no ha sonreído dando compañía y sentido constantes, pues comienzas a valorar a las pelusas. Esbozan una risita que no viene al caso, esto es serio. No busco esa risa, ni inquietar ni molestar. Sólo contar la historia de las pelusas que me rodean, porque son mis mejores amigas, mi mayor consuelo. Entro en la noche, suelto mis andariveles, me ducho, y descanso un rato, observando cómo el silencio trae una melodía buena para solitarios, que recuerda nuestra condición sin insultar, diciendo que así es, que así estamos. Miro al fondo de la nada por unos minutos. Siempre me quedo hundido, desinformado, como sudando mentalmente el trasiego del estúpido día. Poco a poco, me voy colocando en mi casa. La que llevo escrita en mi carnet, la que anuncio en mis cartas, en la que puedo recoger este organismo insistente en pérdidas, en desalientos, en trabajos absurdos, en pobreza diestra en ser ama de llaves. Organismo envejecido en la derrota ciega, en no pertenecer a la tierra de la que huí ni a la tierra que me alberga y da trabajos absurdos. Me quedo dolido contándome las batallas otra vez desastrosas, las mujeres amadas que se convirtieron en goticas de ácido en la memoria. Los lugares que me vieron pensarme vivo. Miro al techo, a la pared cualquiera que quede frente a mi cabeza recostada, a los rincones. Y aquí llegan mis amigas las pelusas. Las observo más detenidas que yo, más cansadas y gordas que ayer. Ciertas, como si con ellas no fuera. Sí, es con ustedes. ¡Eh, familia! Allí están, con una prestancia que promete darles eternidad. Relevancia y eternidad. Conozco a cada familia. No miento. Cerca del mueble obtuso, con lámpara decrépita y pañito, habita la familia Soga. Una familia con la que simpatizo. Suelen salir cada tres días a pasear por los alrededores. Sus esbeltos componentes (los más jóvenes delante, como queriendo sacrificarse) observando la ciudad de mi salón se pavonean un poco, pero me hacen señas como que la abuela anda bien de los doscientos achaques, que por lo demás todo igual. Y yo les respondo con mi inmovilidad conmovida. Les digo que los veo en su parsimonia de esperar mejores brisas o un espléndido golpe de escoba para ir a parar a casa del carajo y que me parece bien admirable, que gracias por el saber estar. Y allá, debajo de la cortina baratísima, podremos encontrar a la familia Dumitriades. No sé qué impulsa a poner el nombre a un perro o a un cantante de música ligera. Esta tranquila familia me da la impresión que representa una estirpe de comerciantes entre islas. El rotundo depositarse del patriarca. Los hijos, gorditos. Reconozco que se suelen marchar si una súbita acumulación de viento pasillero entra por debajo de la puerta y peina el apartamento. Que están dispuestos al viaje comercial, a la reiteración de almacenes de podrida sombra. Me imagino entre brumas y olivos, y morenas mujeres vestidas de blanco que sonríen junto al camino. Un suspiro me acontece en la inválida posición del que conversa y observa vidas y canta la rendición de cada solo cada noche. Por estas pelusas me voy a convertir en poeta o en el mejor de los casos, seré poema. Ahora, en la noche del bardo, en esta noche pordiosera de ciudad olvidada sin buen equipo de fútbol, compongo la epopeya que contemplo, que hago desfilar ante mí. Vano ejercicio de patetismo solitudinario. Inane aquel que no logre componer su planeta en el crujido de la soledad. Yo observo para serenarme, para sentirme distinto, para que Dios se note a veces tan derrotado y solo como yo. Observo mientras entono algunos ditirambos en que mi voz (por demás parda, grasienta, susodicha, trapisondista, tobosa y quitrina) se comunica con los Dumitriades. Les hablo de mercancías y nostalgias, de una película en que la protagonista es una dulce mujer de asesino extravío, muy dulce. No sé, les hablo. Se superponen las historias. Las de un tío, Prop le decían, que en una ciudad con musculosos mosquitos hízose rico y de un policía muerto y de un baile con ella cuando todo el bar fue para los dos. Los Dumitriades me insisten en que me pague mi buena puta de vez en cuando, que no me haga daño, que la vida es pasarla y saber no sufrir demasiado. Y yo, que soy un viejo como quien dice, debo asentir y decirles que viví mi juventud soñada, que no me quejo, que puedo recordar y decirme otra vez estos placeres vividos. Que gracias y que qué tal va lo que quieren comerciar entre las islas. Y parece que bien porque siempre tienen un gesto de viajar con las alforjas llenas. Los Dumitriades con sus bártulos. Así quedo. Paso sin sufrir demasiado. Investigo lo que soy capaz de entrever en unas existencias. Porque existe cada familia y mi soledad existe aún más. Debo reconocer que los Soga o los Dumitriades son unas familias entre tantas. Asoman, se mueven, se quedan enganchadas en una pata de silla, bailan con movimiento dócil hacia ninguna parte gracias a lo mínimo. Se deforman, se rompen, son irreconocibles, otros. En definitiva como cada uno. Y yo les llevo y les traigo. Trajino a su lado insinuando cataclismos y mi intento cada noche es el diálogo. Aquella, la familia de criminales, los Chikathilo (no siempre acierto), es despreciable, suelen responder a mi amabilidad (algo que he conservado a pesar de mi soledad antigua, la amabilidad es necesaria para durar, para resistir hasta más ver), decía, que suelen responder a mi amabilidad con los insultos más rebuscados. Me gusta este intercambio. Es como una breve enseñanza zen. Me dicen lo peor y yo respondo con una engolada fórmula de pleitesía. Adoso al expediente familiar de los Chikathilo a nuevos miembros y con renovada prosodía me increpan. Yo les comento noticias de esta ciudad para que me digan qué opinan. Que si está en obras la plaza tal, que si ganamos este año, que cuánto le han echado al niño por la última fechoría. Si me alteran mucho les cuento alguna de bandidos, que si no les impresiona al menos se detienen, me escuchan y se sumen en una reflexión navajera, mascullada, sólo para la banda. Me es fácil mantener la calma. ¿Son peligrosos? No. Les puedo aplastar, destrozar y depositar en la basura. Las puedo barrer. Mas disfruto de su antagonismo insignificante. Me informa de mucho, logro oponerme a alguien. Son groseros. Y repito, cuando uno se duele solo, debe obligarse a tener buenos modales. Porque la desintegración está más lejos si somos capaces de mantenernos agradables con el exterior. Pero no porque deba ser así, sino porque quiero tener una sonrisa de piedad en el momento del cambio. Una sonrisa de agradecido, y ésas hay que entrenarlas. A los Chikathilo les agradezco esta confrontación que me obliga a la suavidad, a ignorar lo malo, a investigar en mí bondadosas razones crónicas. Éste es mi equilibrio. Lo confieso. Las pelusas me ayudan. Todos deberíamos cada cierto tiempo declarar ante unos pocos, reunirlos, invitar a un licor aceptable y contarles en qué y cómo nos sostenemos. Cada cierto tiempo para dar oportunidad siempre a una apoyatura nueva o a un añadido a las de siempre. Como no cuento con ese venerable público, pues me digo lo que significan estos asuntos de equilibrio y mantenimiento. Logro ir dejando atrás el repaso de mi realidad yerta, ir prefiriendo la imaginación (más tonta y saludable, más amiga, más voluntariosa en hallar razones que diluyan la angustia). ¿Qué hay que saber para entrar a esta amistad con las familias? Asuntos nimios o absolutos en lo gris oscuro que se arrastra por mi salón. Por ejemplo, las hermanas Piqué, coristas. Una se me ocurrió totalmente calva. Una pelusa calva que suele intrigar con su gemela a la salida del baño. Es así, ¿qué quieren que les diga? No me defiendo de mi fauna.

No la juzgo. Me acompañan. Asisto al estreno de una obra extrañísima en que las hermanas hacían de coquetas jicoteas en un paisaje con río, montañas, ¿unos colonos? Resultan entretenidas. Son dicharacheras, conspiradoras, malísimas, Pero son divertidas, especialmente los jueves. Son más apreciadas por mí al contar historias de cuarterías, bulliciosas historias de tarros, de mujeres que no soportan tenerlo todo y lo destruyen todo, de ruidos en la memoria mientras se narra. Me gusta oírlas y casi contonearse ante la puerta del baño. Son amigas de muchas otras. Vocean sus vidas al verlas pasar. Son idénticas a veces y diferentes pero idénticas a veces. Confieso que envidio su ligereza al contar los chismes, su ir por la vida con destino de burbuja pelusoide. La calva, pícara, mueve una cabellera ausente. La rubia balancea el moño. Debo aclarar que más allá de lo que intercambio con mis acompañantes me atrae, como repetir la pipa al que prueba el opio, una zona con desniveles notables (desfiladeros de los peores) que estructura las historias. Como si cayésemos, dormidos pero absurdos, por un gran túnel hacia las cristalizaciones de personajes o detalles que nos encuentran en el tránsito porque vienen subiendo desde profundidades o códigos que estallan ante la vista desenfocada. Las pelusas me ayudan, son mi público y la fama que merezco y alimento con mis deseos de no sentirme solo. Son buena gente, buenos elementos, un placer que me saca de mí y paso el tiempo. Y me fascina, no temo reconocerlo, el punto ineludible del que vienen unas viditas, unos destinos, unos chistes, unos insultos, unos chismes. A los que menos atiendo son a aquellos cuentos que avanzan desde mi memoria directamente. Sé dónde van a parar, en qué momento torcerán a la derecha. Atiendo, no obstante. Les dejo venir y contar lo que deseen, pero no son mis preferidas. Las historias que, desde mi memoria se abalanzan o las historias que, construidas por mi memoria, se expresan a través de unas pelusillas, son las inimportantes. Vienen, bailan y siguen su curso, van hacia una nada inamovible de la que partieron. Las historias que no espero, para las que no me he postulado, ésas son las que más encienden mi disposición a seguirlas, a destruir su cauce y a inventar lo contrario de sí mismas y pasar a injertárselo. Las historias que no sé de dónde vienen o que salieron de casa de un conocido y fueron a parar a una ventisca en otro país. Las invento en el aire y se autocompletan. Les digo el truco, es simple. Es mi método. Cuando las vean. Cuando se asienten en la vista y sean capaces de saber su forma definitivamente. Cuando sepan a las pelusas allí, como niñas buenas que saludan desde el borde de la cama, deben concentrarse todo lo que les sea posible, o sea como en un examen o como cuando se acercaba el final de aquel partido. Hagan un esfuerzo. Vayan más allá de la forma. No atrapen a la pelusa en su morfología. Ni gordas ni alargadas ni pelotitas ni ramas ni sólo pelos ni pelo y piel y cascarita ignota. No deben asumir unas formas. Deben mirar al punto que las excede. A lo que va más allá de ellas mismas como pelusas. Una zona que concentra el mayor poder. Allí está, arquetípica, la pelusa solitaria. Allí, junto al mueble de la entrada. En su centro, el gris imposible. Uno mira a la pelusa, se concentra en su gris, continúa gris adentro, arriba al supergris, a la verdad grisácea. Y de ella emanan las historias. Cada cual llega al siguiente día por los medios que tiene a mano, cada uno se funde gracias a la ebriedad o saturación que prefiere. Cada hombre solo aguanta con lo que puede inventar. Y no soy una excepción. Soy el que soy, no lo niego. El paso casi siempre vacío de los días y, sobre todo, de las noches, me obliga a experiencias como las que relato. Me meto en el gris más profundo de unas pelusas y a menudo resisto a todo, incluso al caos más suyo o mío y doy comienzo a una región. Soy el vencedor, por fin, en los juegos florales.

Sermón en la gran mancha roja

(durante la inauguración del Complejo Mint 603, residencial con todas las comodidades en el corazón de la tormenta, se produjo la circunstancia de que un incontrolable quebró las leyes vitales que rigen los asentamientos en esta franja del planeta. en sus declaraciones antes de ser conducido a la Oficina de Desaparición, reconoció no poder más. su sufrimiento, tercer caso entre humanos desde la Llegada, hace sospechar que es aún endeble toda seguridad referida a la inserción de autonomías intelectivas en los habitantes de estas regiones fluidas, de este paraíso del hidrógeno. el insano repitió a los agentes el misterioso nombre de Abraxas y más aún repitió uno presumiblemente de hembra. se encontraron estos apuntes entre sus ropas. deben ser analizados por el departamento correspondiente. son atribuidos a un tal Marcos de Menfis del que no se han rastreado referencias.)

¿Quiénes son los muertos? Los que me impedirán decir la absoluta brisa de mi sueño. Los muertos son partes de la tormenta, quizás el centro-efluvio de este lugar. Se equivocan. No cantan, duermen. Abraxas no duerme. Centinela, escribano, pincel de lava. Eres infatigable y es tu risa cansada la que levanta a los últimos de su estupor. Los muertos me rodean, ignoran mi nombre, gobiernan las salidas. Declaran que el triste vivo, el oscuro solo, el encerrado en el ataúd del amor, debe ser destruido. Invoco a Abraxas, abracadabra. Pido por mí, que soy un héroe al que no ahorcaron bien y aquí está, llameando el plástico. Invoco lo que me puede salvar y lo que me puede amparar disgregando mi cuerpo por las penumbras numeradas. El grito llega a donde puede llegar un mago. Abraxas aguarda rastreando los dos lados y los bordes, lo que es de Sofía, lo del Abismo y lo de los muertos. Ay, soledad, en que no se puede resistir sin desleírse, en que se es una linfa de dolor perro, el aullido por la amada perra. Cazador sonriente y ensangrentado y también monte en que se esconde la bestia. Abraxas, amigo de hablar parejas poderosas, ¿qué es lo que es en los puertos estelares?, ¿qué puedo sino servir y arrinconarme, sino desear a mi dama, hermosa, huida, carroñera, mientras este nombre de Dios se llena de cadáveres? De qué vale decir si ya no existe signo alguno cálido o recibido en la desnudez o en el momento de disparar. Los sabios, encontrados en un paseo, hacen la señal del infierno. El infierno es aquí y ahora y es la brisa maldita, prohibida, de mi sueño. El viento interminable de la gran nada, la continua caravana invisible de la plenitud. Ejércitos o coros que arman su pantomima en la noche innata. Si sólo un espectro me hablase de Alejandría o de tu forma de decir «qué rico». Si un filo que me haga sangría también me acompañase en la Sala de los Enigmas. Si no hubieses abandonado el valle, infeliz, muerta mía. El milagro que más daño me ha hecho. Eso eres. Aceleración de las ruinas. Vastedad de lo que no se encuentra. No eres en el dios que se cree la Voluntad Grande. No eres este ritmo de ciclón fuera y muerte en el corazón. Eres la vida que huyó a donde no había nadie. Me sostiene un ansia extraña. Oí una vez que el sueño era como una mujer, que siempre tenía la última palabra. Es verdad. Mi sueño fuiste. No sé muy bien si todo acabó ya o si floto en lo rojo de la muerte, en lo ciego del viento, en una caja en mitad del infierno. Como el sueño acosas a los dioses, pierdes la tabla. Esta plegaria luce cara de pantano. ¿Qué es un pantano? La palabra me llega desde lejos. Un lugar en que sólo se avanza hacia abajo o hacia dentro. Abraxas nos protegerá en la inmersión. El que no sabe quién es y sabe que lo es todo. Ella, tú, que no eres, que no eres Abraxas, sabes lo que es el pantano. A los antiguos, a los que saben, a las varias luces, al gallo y a la serpiente, a las sombras que me piensan, ruego un tiempo de Verdad, lo contrario a esta cápsula, este ruido, este vacío gritón. Escribo una plegaria y cuento que fuiste el milagro que más daño me ha hecho. Cuento que preferiría acariciarte, cuento que todo está en su sitio al fin, ¿o no? Y mi plegaria es cándido treno que poco a poco se retira. Me retiro, abismada tú, a una esperanza peligrosísima: la de nombrar mi fe con exactitud, la de venerar a los vivos aunque hayan muerto, la de que al menos dos se salven lamiéndose lentamente, la de que este lugar no nos haga máquinas ni dioses ni asesinos ni lo que somos hoy siquiera…